孩子愛讀的漫畫中國歷史

中華五千年故事 1

上古、夏商周、春秋戰國、秦

幼獅文化　編繪

前言

看漫畫、讀故事、學歷史

妙趣橫生的閱讀之旅

歷史是人類成長的軌跡，記載着王朝的興衰、文明的進步。中國歷史走過了五千年的光陰，期間既有繁榮輝煌，也有曲折艱難，過去的歷史積澱，鑄成了今天燦爛的現代文明。

燦爛的中華文化是中華民族立足於天地的根。作為中華兒女，我們應當了解自己來自何方，了解自己的祖先曾經在神州大地上做過哪些事情、有過什麼貢獻。閱讀歷史，不僅僅是閱讀那些妙趣橫生的故事，更是以史為鑑：學習古人的智慧，提高自身的文化修養，體會中華民族自強不息、崇德重義、奮發圖強的精神，努力成長為創造歷史的人。

為此，我們特意編寫了這套《中華五千年故事》。這套書按照時間順序分為四冊，**第一冊**（上古、夏商周、春秋戰國、秦）從盤古開天地到陳勝吳廣起義，**第二冊**（西漢、東漢、三國）從張良拜師到三國一統，**第三冊**（晉、南北朝、隋、唐、五代十國）從晉惠帝到周世宗，**第四冊**（宋、元、明、清）從陳橋兵變到辛亥革命，講述了中華民國建立之前發生的一個個精彩的歷史故事。本套書的漫畫吸取了連環畫的特點，具有獨特的中國韻味。全書採用可愛的漫畫造型，盡量還原真實的歷史場景，再配上親切有趣的文字，艱深的字都標注粵音，以精彩的圖文來幫助孩子更輕鬆地讀懂每一段歷史、認識歷史人物，培養愛國情懷，增強文化認同感和歸屬感，在歷史的不斷薰陶下獲得成長的力量。

閱讀歷史，讀懂歷史，尊重歷史，以史為鑑。希望孩子能從這套書中感受到中國歷史的魅力，學習到更多的文史知識，碰撞出思想的火花，更加熱愛我們的祖國和中華文化。

目錄

上古（傳說時代）

夏商周

夏（約公元前2070年至約前1600年）
商（約公元前1600年至約前1046年）
周（約公元前1046年至約前256年）

春秋戰國（公元前770年至前221年）

秦朝（公元前221年至前207年）

上古、夏商周、春秋戰國、秦

上古時，天和地是合在一起的，到處混沌一片，是誰改變了這一切呢？

1 傳說在天地尚未形成以前，宇宙就像一個大雞蛋，一片混沌，到處都是黑乎乎的。

2 在這個大雞蛋中心，孕育着人類的祖先——盤古。他從誕生那天起，就一直在呼呼大睡，這一睡就是十萬八千年。

3 有一天，盤古醒了，他睜眼一看，發現周圍一片漆黑，什麼也看不見。

4 盤古決心捅破這個大雞蛋，他不知道從哪裏找到一把大斧，然後使出渾身力氣，朝無邊的黑暗劈去。

5 隨着一聲巨響，大雞蛋被劈成兩半。輕的東西向上升變成蔚藍的天空，重的東西則往下沉，變成寬廣的大地。

6 盤古非常擔心天地會重新合攏在一起。他用雙手使勁將天空往上托舉，雙腳則用力往下壓，讓大地下沉。

7 盤古在天地間越長越大，天空和大地就分離得越來越遠。一萬八千年過去，他的身體已經長到了九萬里那麼高。

8 此時天和地已經分離得非常遠，再不會合在一起了。盤古感到很滿意，同時覺得非常疲倦，想躺下來休息一會兒。

9 他巨大的身軀轟然倒地，沉沉地睡去，之後再也沒有醒來——他已經死了。

10 盤古死後，他呼出的氣體變成了風和雲，頭髮和鬍鬚變成了星辰，左眼變成了太陽，右眼變成了月亮；他的四肢化作了高山，血管化作了道路，血液化作了江河湖海；他皮膚上的汗毛化作了花草樹木，他的魂魄化作了鳥獸蟲魚。一個全新的世界誕生了。

神農嘗百草

上古時代，無醫無藥，人們飽受病痛煎熬。這時，神農出現了，他為了蒼生而遍嘗百草。

1 炎帝是中華民族的始祖之一。相傳，他曾教族人製作農具、播種五穀，開創了農耕文明，因而被稱為「神農」。

2 掌握農耕技術後，人們能填飽肚子了。可是，人們會因為亂吃東西或患上各種疾病而面臨死亡威脅。

3 有一次，一個小孩因為吃了一顆果實而中毒。他的家人嚇得手足無措，只得向首領炎帝求助。

4 幸好，神農曾發現一種可以解這種毒的葉子。他連忙採摘過來給小孩吃。

5 這個小孩食物中毒的症狀終於紓緩了。他的家人對神農感激不盡。

6 不過，神農的內心並不輕鬆。他決定親嘗百草，分辨哪些是可以吃的，哪些是不可以吃的，哪些是可以治病的。

7 下定決心後，神農出發了，他還在肩膀兩邊分別掛了一個特製的口袋，左邊放能吃的植物，右邊則放能治病的。

8 每採集到一種從未見過的植物，神農都會觀察它的葉、花和果實，然後放入嘴裏品嘗，並時刻注意自己身體的變化。

9 要是發現具有藥物功效的植物，神農就會欣喜若狂，因為這意味着將有無數的人會因為它而獲救。

10 親嘗百草這件事充滿挑戰。有時，是環境的考驗。有些花草長在懸崖峭壁上，神農就搭起天梯去採摘。

11 有時，還會有生命的威脅。神農自己都不記得有多少次是因為吃了毒草而痛苦得滿地打滾。

12 就這樣，神農的足跡遍布了名山大川，他背上的兩個口袋也越裝越滿。

13 這天，神農又採摘到一棵長有可愛小黃花的植物，他又一次毫不猶豫地將它放入嘴裏。

14 很不幸，這是一種叫「斷腸草」的致命毒草。沒過多久，神農就因毒性發作而亡，臨死前他還抱着那兩袋草藥。

15 人們隆重地安葬了神農。為紀念神農，後人尊稱他為農耕和醫藥之祖，還把他當年搭天梯採藥的地方稱為「神農架」。

鑽木取火

原始人類茹毛飲血，直到有一個人發現了取火的方法……

1 遠古時代，人們不懂得取火、用火，每到夜晚，四處一片漆黑，野獸叫聲此起彼伏。

2 天氣變冷，人們躲在山洞裏抱成一團，相互取暖。更糟的是，他們還要像野獸一樣生吃食物，這導致他們容易生病。

3 看到人們生活得如此艱難，天神伏羲（粵音：熙）心裏十分難受，決定想辦法讓人們知道火的用處。

4 伏羲施展出仙術，在森林中降下一場大雨。他又揮動衣袖，劃出一道閃電，正劈中一棵參天大樹。

5 只聽「喀嚓」一聲巨響，一棵大樹應聲倒地，燃起了熊熊大火，一些小動物來不及逃跑，就被大火燒死了。

6 人們看着燃燒的森林，不敢靠近。後來，雨停了，火勢也小了，人們發現大火燒過的地方飄來一股撲鼻的香味。

7 有個膽子較大的年輕人躡手躡腳地走過去。他發現香味是從被燒死的野獸散發出來的，便招呼同伴過來。

8 他們把野獸從火中取出，每人撕了一塊吃起來。這些肉太美味了！正在燃燒的火焰也讓他們感覺非常温暖舒適。

9 年輕人意識到原來火一點都不可怕，而且用處還很多。他急忙讓大家輪流為火添柴，不要讓火熄滅。

10 幾天後下起傾盆大雨，火被澆熄。人們只好回到冰冷的山洞裏，相互依偎着取暖，繼續吃生的食物。

11 「怎樣才能自己創造出火呢？」年輕人夢見天神伏羲手指西方，說在西方的遂明國（遂，粵音睡）可以找到火種。

12 從夢中驚醒後，年輕人非常欣喜。他告訴族人，自己決定前往遂明國尋找火種。聽到這消息，族人們都歡呼起來。

13 年輕人歷盡艱辛，終於來到遂明國，卻沒有看到火的痕跡。他心灰意冷地坐在一棵叫「遂木」的樹下休息。

14 忽然，年輕人聽到一陣短促的敲擊聲，同時他還看到一閃一閃的亮光。

15 他站起來，尋找光源。在遂木上有一隻鳥在啄食樹上的蟲子，牠每啄一下，樹枝就迸發出一陣火光。

16 看到這一幕，年輕人大受啟發。他折下一些遂木的樹枝，然後用小樹枝在大樹枝上不停鑽磨，終於得到了火種。

17 年輕人歡喜若狂，回到家鄉後，他把鑽木取火的方法告訴族人，還嘗試用不同的樹枝、石頭來鑽磨。

18 就這樣，鑽木取火的方法慢慢得到改進，人們生火的速度也越來越快。從此，人們都不再害怕寒冷和黑夜了。

19 這位鑽木取火的年輕人被推舉為部落首領。後來，人們就稱他為「燧人氏（遂，粵音睡）」，意思是教會人們取火的人。

涿鹿大戰
（涿，粵音啄）

黃帝部落聯盟和蚩尤部落在涿鹿展開了一場生死大決戰，最後究竟鹿死誰手？

1 五千多年前，黃河流域住着許多部落。其中以姬姓（姬，粵音機）和姜姓的實力最強大，其首領分別是黃帝和炎帝。

2 黃帝聰明能幹，有領導才能。在一次戰爭中，他帶領部落打敗了居住在涿鹿一帶的炎帝部落，並讓他遷移到南方。

3 之後，姬姓部落由中國西北方的姬水搬到河北涿鹿定居下來，並大力發展農業和畜牧業，部落實力越來越強大。

4 這時，南方有個部落漸漸強大，他們就是蚩尤領導的九黎族。蚩尤為牛頭人身，性格兇殘，經常四處進攻其他部落。

5 有一次，炎帝部落遭到蚩尤的圍攻。炎帝奮起反抗，卻一敗塗地。

6 炎帝逼於無奈，只得逃到涿鹿向黃帝請求救援。黃帝不計前嫌，答應了炎帝，並聯合周邊的部落，共同攻打蚩尤。

7 不久，黃帝部落聯盟與蚩尤部落在涿鹿展開了一場大決戰。

8 兩軍剛開始交戰，蚩尤便施展法術，噴出滾滾濃霧。一時間戰場天昏地暗，飛沙走石，弄得黃帝的軍隊暈頭轉向。

9 黃帝立即下令，推出指南車。在指南車的指引下，黃帝帶領軍隊殺出重圍。

10 蚩尤見毒霧陣被破，便出動特種軍隊。一個個青面獠牙、銅頭鐵臂的士兵們狂叫着衝殺出來。

11 黃帝命令放出早已訓練好的虎、豹、熊、羆（粵音：悲）等野獸。野獸撲向蚩尤的特種軍，特種軍被嚇得抱頭鼠竄。

12 黃帝乘勝追擊，派大將應龍出戰。應龍騰空飛起，居高臨下朝蚩尤的軍隊噴水。但蚩尤部落來自南方，根本不怕水。

13 蚩尤被激怒了，他命令風伯颳起狂風，將應龍噴出的水全部刮回去。

14 糟糕！這下輪到黃帝軍隊被淹了，他們的水性可沒有那麼好，所以只得四散逃命。

15 黃帝請來女神旱魃助陣。旱魃的頭髮像一條條小蛇，眼睛長在頭頂。她走到哪裏，哪裏就會發生大旱。

16 果然，旱魃一出現，暴風驟雨就停止了。她衝到蚩尤的軍隊中，頓時熱浪滔天，大地龜裂。

17 蚩尤的部下被曬得渾身無力，一個個倒在地上，乾渴而死。

18 蚩尤見勢不妙，慌忙奪路而逃，卻被黃帝趕上前去，捉了回來，並下令將蚩尤就地處決。

19 黃帝部落聯盟大獲全勝。經此一戰，各部落首領都對黃帝心悅誠服，紛紛表示願意歸順。黃帝就這樣統一了中原。

文字是誰發明的？在文字產生之前，人們如何記事？

1 相傳，在黃帝時期有一個叫倉頡的人，他聰明且有才幹，黃帝很信任他，讓他專門管理糧食和牲口。

2 當時，文字還沒有出現，倉頡只能靠腦袋來記着糧食和牲口的數量。

3 隨着生產慢慢發展，糧食多了，牲口也多了，而且數量還在不斷變化，光靠腦袋去記實在是太吃力了。

4 聰明的倉頡想到了「結繩記事」的辦法：用不同顏色的繩子來記錄不同的物品，數量增加時打結，減少時則解結。

5 可是，時間一長，這個方法的缺點就暴露出來：打結容易，解結卻非常麻煩。

6 於是，他又想了一個辦法：在繩子掛各式各樣的貝殼來代替所管的東西，這樣增減數量就容易多了。

7 倉頡利用這個辦法把倉庫管理得井井有條。黃帝看到倉頡這麼聰明能幹，便讓他做史官，專門負責記錄國家大事。

8 倉頡接手後又犯了難，因為結繩並不能將複雜多變的事情記錄下來。他每天苦思冥想也想不出什麼好辦法。

9 這天，倉頡路過一個三岔路口，看到有三個獵人站在那裏爭得面紅耳赤。

10 一個獵人說往西走，西邊有老虎；另一個獵人說往北走，北邊有鹿羣；還有一個獵人說往東走，東邊有羚羊。

11 倉頡對獵人們如何判斷野獸逃跑的方向感到好奇，便上前詢問。獵人們告訴他，看野獸留在地上的足跡就知道了。

12 倉頡看着野獸的足跡，陷入了沉思：既然一個足跡能代表一種野獸，那麼世間萬物能否用不同的符號來表示呢？

13 從那天以後，倉頡開始細心觀察身邊的各種事物。白天，他觀察山川樹木、鳥獸蟲魚；黑夜，他則察看月亮星辰。

14 他依據這些事物的形態創造出各種不同的符號。如「日」像一輪圓圓的太陽；「山」像綿延起伏的高山。

15 每創造出一個符號，倉頡都會拿給別人看，如果別人看不明白符號所表達的意思，他就會修改符號。

16 就這樣，倉頡終於成功創造出數量充足的符號，並把它們稱為「字」。傳說，成字那天，天降粟雨、鬼哭神嚎。

17 倉頡把創造出來的文字獻給黃帝。黃帝看後非常高興，馬上命令倉頡到各個部落去傳授這些文字。

18 每到一個部落，倉頡都會用樹枝在地面上寫字，然後向眾人講解。漸漸地，文字全面推廣開來了。

19 後來，這些文字不斷演變、簡化，成為我們今天所使用的漢字。

部落聯盟首領堯正煩惱傳位給誰，這時有人向他推舉了一個人。

1 黃帝死後多年，堯當上了部落聯盟的首領。堯在位期間，施行仁政，因此聯盟興旺發達，百姓安居樂業。

2 但是，堯的年紀漸漸大了，他想找一個賢能的人來接替自己的位子。這天，堯把所有部落首領召集來商議此事。

3 有首領建議選堯的兒子丹朱做繼承人，堯聽了連番搖頭，說：「丹朱驕橫殘暴、平庸無能，不堪重用。」

4 又有一個首領提名有治水之功的共工，堯擺擺手，說：「這人雖然有些才能，但太過圓滑。」

5 這時，一位首領好像想起了什麼，他一拍腦袋，大聲說：「哎呀，那位在歷山耕種，叫舜的青年不正好合適嘛！」

6 眾人紛紛附和，說此人最合適不過。堯聽了，點點頭，說：「我聽過這個人，你們能說說他是一個怎樣的人嗎？」

7 一個首領便向堯介紹起來：舜很小就失去了母親，他的父親後來又娶了一個妻子，還生了個兒子叫象。

8 後母和弟弟為了霸佔家產，對舜百般刁難，但舜從不計較。堯聽了那個首領的話很高興，決定好好考察一下舜。

9 堯把自己的兩個女兒嫁給了舜，還送給他不少牛羊，為他建造了糧倉。舜的後母和弟弟知道後，非常嫉妒。

10 有一次，舜的父親說糧倉屋頂有一個破洞，讓舜上去修補。舜二話不說，立即就用梯子爬上屋頂。

11 正當舜專心修補屋頂時，弟弟象悄悄地在糧倉底下放火，還把梯子搬走。

12 幸虧舜隨身帶了兩頂遮太陽的斗笠。他左右手各拿一頂斗笠，然後張開雙臂，像鳥兒張開翅膀一樣跳了下來。

13 狠心的象一計不成，又生一計。他和父親合謀，讓舜去挖井。舜又爽快地答應了。

14 舜埋頭挖了幾日幾夜，井已經挖得很深很深了。這時，父親和象竟然往井裏扔石頭，不一會兒就把井填滿石頭了。

15 幸好，舜在挖井的時候，偷偷在井裏挖了一條可以通向地面的通道。

16 當舜從地道出來，回到家推門而入時，父親和象都嚇得魂不附體，跌倒在地。

17 儘管如此，舜也沒有記恨他們，而是一如既往地孝順父母，處處關心和愛護弟弟。

18 堯知道這些事後，對舜非常滿意，又委派他許多任務。舜無論做什麼工作都非常出色。

19 經過多年考察，堯決定將首領的位子傳給舜。這種主動把帝位讓給外姓人的做法，歷史上稱「禪讓（禪，粵音善）」。

大禹治水

洪水氾濫，禹臨危受命，接過治水重任，他能否不負使命？

1 堯在位時，黃河流域經常洪水氾濫。來勢洶洶的洪水淹沒莊稼、沖毀房屋，老百姓不得不四處搬家。

2 堯想找一個人去治水，便找臣子們來商議。大家一致推舉鯀（粵音：滾）去治水，堯便同意了。

3 鯀接到任務後，立刻帶領眾人在各條大河水位最高的地段築起高高的堤壩，以阻擋洪水。

4 然而，洪水太猛了，人們好不容易築起堤壩，卻一次次被沖垮。鯀用了九年時間都解決不到洪水的問題。

5 舜當上首領後，發現鯀治水不力，立即撤掉他的職務，並將他流放到偏遠的地方。後來，鯀死在流放之地。

6 舜整日為治水問題憂心忡忡。這時，有人提議讓鯀的兒子禹接替父親的職位，前去治水。

7 舜聽說禹是一個很有才幹的人，便接受了這個建議。臨行前，舜激勵禹，要他吸取鯀的教訓，幹出一番成績來。

8 其實，接到命令時，禹才成婚沒幾天。但為了完成父親沒有完成的事業，他毅然離開了妻子。

9 為了找出父親治水失敗的原因，禹一上任就帶着助手伯益和后稷（粵音：即）四處查看黃河一帶的地形。

10 最後，禹有了一個發現：每條河流最終都會通向東方的大海。他想，如果把洪水引入大海，或許就不會鬧洪災了。

11 想到這裏，禹立即召集眾人，並宣布自己的治水計劃：不再採用堵的方法，而是疏通河流，將洪水引入大海。

12 此後，禹帶領眾人開山挖渠、疏通河道，讓洪水最終可以暢通無阻地流入大海。

13 無論嚴寒酷暑，禹都堅守在治水最前線。長時間的勞動，使得禹變得十分消瘦，皮膚黑黝黝的。

14 相傳，禹治水時曾三過家門而不入。第一次路過家門時，兒子剛呱呱墜地，他強忍着激動的心情沒有進去。

15 第二次路過家門時，妻子抱在懷裏的兒子已經會叫「父親」了，但他怕耽誤治水，也沒有進去。

16 第三次路過家門時，兒子已經十歲了，想拉他進門與家人團聚，但禹說自己還沒有治好洪水，又沒有進去。

17 就這樣，經過十三年的努力，禹終於用疏導的方式治理好洪水，九州大地重現生機，百姓安居樂業。

18 禹立下了巨大的功勞，但他一點兒也不居功自傲，舜非常賞識他，還經常與他一起討論治理天下的方略。

19 舜去世後，深受人們愛戴的禹被推舉為部落聯盟首領，他帶領百姓不斷發展生產，開創了一個新的時代。

禹晚年時，大家推舉出新的繼承人，但禹的兒子啟卻大為不滿……

1 禹晚年的時候，按照慣例讓大家推選新的繼承人。起初，大家一致推舉了皋陶（粵音：糕搖）。

2 可是，皋陶還沒接任就死了。皋陶的兒子叫伯益，曾跟隨禹治水，很受百姓敬重，於是大家又推舉他為繼承人。

3 禹的兒子啟對這個結果非常不滿，他不想讓父親積累起來的財產落到外人手裏。

4 啟決心奪得繼承人位置。為了爭取百姓的擁護，他開始插手部落事務，還嚴格要求自己：衣食簡樸，尊老愛幼。

5 漸漸地，啟的名聲越來越大，許多人認為他比伯益更有資格成為繼承人。

6 禹死後，伯益按照慣例躲避到別處，表現謙讓。誰知，啟改禪讓為世襲，趁機奪取了王位。

7 伯益大為憤怒，立即聯合多個部落起兵攻打啟。

8 可是，啟早有準備，他率領軍隊輕而易舉地擊退了伯益的人馬。

9 戰爭結束後，啟在鈞台大宴各部落首領，以鞏固自己的政權。

10 但是，有個叫有扈氏（扈，粵音護）的部落首領不但拒絕出席宴會，還寫信要求啟遵照禪讓制，還位於伯益。

11 啟立即率軍征討有扈氏部落。為了鼓舞士氣，啟還在決戰前召開誓師大會。

12 在啟的鼓舞下，將士們在戰場上無不奮力死戰。有扈氏的軍隊抵擋不住這樣猛烈的攻勢，節節敗退。

13 最終，有扈氏戰敗被殺，他的部下則被放逐到草原地區做放牧牛羊的奴隸。

14 此後，各部落首領再也不敢對啟的做法表示異議，紛紛前來朝貢。

15 就這樣，啟建立了中國第一個朝代——夏朝，大力推動了歷史的發展。

商湯滅夏

夏朝末年，君主桀（粵音：傑）暴虐無道，夏王朝的統治搖搖欲墜。

1 夏朝的統治延續了四百多年，末代君主桀是歷史上有名的暴君，他整日只顧尋歡作樂，魚肉百姓，因此很不得民心。

2 當時，黃河下游有個叫商的部落，首領湯寬厚仁慈，又有才幹，在他的領導下，這個部落逐漸強大起來。

3 有一次，桀為了討寵妃歡心，大興土木，建造宮殿。忠臣關龍逄（粵音：旁）直言勸諫，卻慘遭殺害。

4 湯很敬重關龍逄，聽到他的死訊後便立即趕往京城祭拜。不料，這惹怒了桀，他下令捉拿湯，將湯囚禁在天牢裏。

5 湯的助手伊尹蒐羅了許多珍寶和美女獻給桀，同時買通奸臣為湯說好話，所以湯很快就被釋放了。

6 在途中，湯遇見了一個獵人。獵人在樹林的東南西北四個方向都設了網，還不斷禱告，希望所有鳥兒都飛到網裏。

7 湯覺得獵人的這種做法過於趕盡殺絕，於是讓獵人把張掛的網撤掉了三面，只留下一面。

8 人們聽説這事後，都覺得湯宅心仁厚，更加愛戴他。許多有志之士也紛紛前來投靠於他。湯的勢力逐漸發展壯大。

9 湯不忍看到百姓受欺壓，下決心推翻夏朝的統治。他先是藉機滅掉了臨近的葛部落，然後攻取了顧、昆吾等部落。

10 夏的勢力就這樣一點一點地被瓦解了。可這時桀還是日日飲酒作樂，完全沒有察覺到危險。

11 湯一直在等待討伐桀的最佳時機。伊尹建議湯停止向桀進貢，以此試探發生戰爭時九夷部落是否聽命於桀。

12 湯接受伊尹的建議，停止向桀進貢。桀大發雷霆，下令九夷發兵討伐商部落。九夷立即做好進攻的準備。

13 看到九夷還聽從桀的指揮，伊尹對湯說：「九夷還站在桀那一邊，現在還不是討伐桀的時候。」

14 於是，湯趕緊向桀請罪，恢復進貢。但是暗地裏，他仍在發展勢力，等待時機。

15 一年後，湯再次停止進貢，桀又大發脾氣，召集九夷攻商。九夷中的一些部落忍受不了桀的欺壓，公開表示反對。

16 看到桀已經陷入孤立的境地，湯依照伊尹的建議調集軍隊，浩浩蕩蕩地往夏朝都城進發。

17 決戰前夕，湯舉行誓師大會，向眾人宣讀誓詞：「桀作惡多端，禍害百姓，我奉上天旨意前去討伐他！」

18 經過動員，商軍作戰時士氣高漲、攻勢勇猛，將夏軍打得一敗塗地。桀戰敗被捉，最後死在流放之地。

19 結果，湯推翻了夏朝的統治，建立了一個新的朝代——商朝。

姜太公釣魚

姜太公是輔佐周文王和周武王的功臣，他是怎麼得到重用的呢？

1 紂（粵音：就）是商朝最後一位君王，他和桀一樣不顧百姓死活，沉溺於宴飲淫樂。商朝在他的統治下日漸衰弱。

2 當時，在商朝西邊有一個叫周的屬國。首領姬昌勵精圖治，大力發展農業生產，擴充軍隊，國家逐漸興旺起來。

3 姬昌求賢若渴，在他身邊聚集了許多有志之士，但他覺得還不夠，希望再找一位可以統籌全局的人才。

4 有一天，姬昌坐着馬車，帶領大隊人馬去渭水附近打獵。

5 到了渭水河邊，姬昌看見一個白髮蒼蒼的老人正在專心地釣魚，絲毫沒有被大隊人馬影響。

6 那老人一邊釣魚，一邊念叨：「快上鈎啊，快上鈎！」可是魚鈎離水面有三尺高，而且是直的，上面也沒有釣餌。

7 姬昌十分好奇，就下車問：「你這樣釣魚，魚能上鈎嗎？」沒想到老人回答：「鈎雖然是直的，但是願者上鈎。」

8 姬昌覺得這個老人很不一般，就與他聊了起來。

9 從談話中，姬昌得知他姓姜名尚，字子牙。姜尚不但了解天下形勢，還是一個政治、軍事都精通的人才。

10 姬昌非常激動，他向姜尚深深鞠了一躬，說：「我一直在找像你這樣的人才，請你助我治理國家吧！」

11 說完，姬昌就叫手下趕來馬車，邀請姜尚和他一同上車回城。姜尚摸了摸長長的鬍鬚，然後從容地登上馬車。

12 姜尚跟隨姬昌回去之後，先被立為國師，後又升為國相，他盡心盡力幫助姬昌整頓政務、訓練士兵、發展生產。

13 與此同時，紂王越發昏庸。姬昌想趁機推翻商朝，姜尚卻建議他先消滅西戎和密須等屬國，以鞏固後方。

14 緊接着，姜尚又建議姬昌派使臣鼓勵東夷造反。在紂王的軍隊忙於對付東夷之際，姜尚帶兵攻下崇國。

15 姬昌佔領了大部分商朝統治的區域，各方諸侯也紛紛歸順於他。遺憾的是，姬昌在準備討伐紂王時，不幸病逝了。

姬昌不幸病亡，他的兒子姬發能否繼承他的遺志，一舉推翻商朝的統治呢？

1 姬昌死後，他的兒子姬發繼位，稱武王。武王追封父親為文王，又拜姜尚為軍師。

2 過了幾年，為了試探天下的形勢，武王率領軍隊向東出發。他沒有打出滅商的旗號，仍自稱商朝屬國。

3 當武王的軍隊來到孟津時，許多商朝屬國的諸侯趕來與他匯合，表示對他的支持。

4 武王審時度勢，認為現在還不是討伐紂王的最佳時機，他只在孟津進行了一場軍事演習，便帶兵回去。

5 紂王仍未意識到危險，一天比一天殘暴。大臣箕子（箕，粵音機）苦心勸諫，紂王一怒之下，將他囚禁起來。

6 紂王的叔父比干為箕子說情，紂王竟下令將比干的胸膛剖開，挖出他的心臟。

7 紂王的兄長微子見紂王已經無可救藥，只得帶着家眷匆匆逃離都城殷。

8 看到紂王眾叛親離，周武王知道是時候起兵了。他親自掛帥，率領大軍往商朝都城進發。

9 一路上，不斷有諸侯帶着軍隊加入，武王的軍隊逐漸壯大，人數已接近十萬人。

10 紂王這時才慌張起來，他趕緊召集兵馬出征。可是，他整日荒於朝政，哪有什麼像樣的軍隊可以迎戰。

11 情急之下，紂王將城內的奴隸和戰俘武裝起來，拼湊了七十萬人馬，還命令他們作戰時衝在最前方。

12 公元前1046年，這兩支人數懸殊的軍隊在牧野展開決戰。武王軍隊中的士兵個個鬥志激昂，而商軍卻早已軍心渙散。兩軍一交鋒，就發生了戲劇性的一幕——商軍隊伍最前面的奴隸和戰俘紛紛舉起長矛，掉轉身去攻打紂王的軍隊。

13 商軍被打得七零八落，紂王好不容易撿回一條命，逃回都城。但趕不及關閉城門，武王的軍隊就如洪水般衝了進來。

14 絕望之際，紂王躲到宮苑中，自焚而死。就這樣，商朝走向滅亡。武王滅商後，建立了周朝，史稱「西周」。

周公輔政

西周建立三年後，武王病亡，年幼的成王繼位，但周王朝剛建立不久，殘留勢力蠢蠢欲動，成王能否保住王位呢？

1 商朝滅亡後，武王沒有殺掉紂王的兒子武庚（粵音：羹），而是封他為諸侯，將商朝都城的政務交給他管理。

2 為鞏固政權，武王將天下劃分為七十多塊，分封給大臣和親信。這種大規模分封和建立諸侯國的制度，稱「分封制」。

3 沒過幾年，武王病倒。臨終前，他將王位傳給兒子姬誦，也就是成王。由於成王年幼，武王囑託弟弟周公輔政。

4 周公沒有辜負武王的囑託，為國盡心盡力。相傳，他在吃飯時聽到有人來報告事情，會立刻把口中的飯吐出，與人交談。

5 洗頭的時候，如果臨時有事要處理，他會馬上用手握着濕漉漉的頭髮，然後開始辦事。

6 即使這樣，武王的三個弟弟——管叔、蔡叔、霍叔仍對周公不滿，他們散布謠言，說周公有意謀權篡位。

7 同時，他們還暗中勾結武庚，準備興兵造反。

8 那些謠言很快傳到成王的耳朵裏，這時他才十五歲，還分辨不出真假，也開始懷疑周公。

9 為了證明自己的清白，周公為成王舉行了「冠禮」，表示成王已經成年，可以親政了。

10 然後，周公將手中的權力轉交給姜尚和召公（召，粵音紹），自己悄悄離開國都鎬京（鎬，粵音浩）。

11 周公一走，武庚就開始與東夷密切往來，謀劃發動叛亂，管叔等人卻裝作不知道的樣子。

12 成王這時才明白他那三位叔叔居心不良，於是急召周公回京。

13 其實，周公早就知道管叔等人意圖謀反，所以他即使離開了成王，也一直在暗中收集他們的罪證。

14 周公應召回京，親自率兵討伐武庚，還派出軍隊截斷東夷對武庚的支援。

15 戰後，周公將製造謠言的管叔等人或流放，或處死，維護了政權的穩定。

16 緊接着，周公在鎬京西邊興建了一座新的都城，起名為洛邑。這裏地處中原的中心，便於對中原進行管理。

17 他下令將跟隨武庚起兵的商朝貴族聚集到洛邑居住，並派軍隊監視他們，防止他們再次叛變。

18 周公事無鉅細地幫成王處理各類事務。等到成王二十歲的時候，周公認為他可以獨當一面了，便把政權交還給他。

19 周公一生嘔心瀝血，為周王朝創造繁榮和穩定的局面。他逝世後，成王將他葬在文王和武王的墓旁。

為博美人一笑，周幽王竟點燃烽火戲弄諸侯，這位昏君最後能夠如願嗎？他又將為這件事付出怎樣的代價？

1 周幽王是西周的最後一位君主，這位昏君在位期間對國家大事一點也不感興趣，整天與寵妃在後宮嬉戲玩樂。

2 大臣褒珦（粵音：煲向）勸周幽王不要荒廢朝政。周幽王聽了火冒三丈，下令將他關押起來。

3 褒珦待在牢裏三年，家人為救他，便送上叫褒姒（粵音：似）的佳人給周幽王。周幽王心花怒放，立即釋放褒珦。

4 褒姒原本是個鄉下姑娘，是褒珦的家人買來獻給周幽王的。她不喜歡待在宮中，自進宮以來就從沒笑過。

5 周幽王為博美人一笑，想盡一切辦法，但未能如願。於是，他下令懸賞：誰能讓褒姒笑一下，就賞他一千兩黃金。

6 有個叫虢石父（虢，粵音隙）的奸臣看到貼出來的告示，對高額的賞金十分心動，他很快就想到一個壞主意。

7 虢石父進宮向周幽王獻計：「大王，你把烽火點燃，戲弄那些諸侯。娘娘見那些笨蛋忙得團團轉，一定會笑。」

8 原來驪山（驪，粵音梨）一帶每隔一段距離就建有烽火台，如有敵情，烽火台會被點燃，向諸侯發出求援信號。

9 昏庸的周幽王聽了，居然拍手說：「好主意！好主意！就這麼辦！」

10 第二天，周幽王就急匆匆地帶着褒姒上了驪山，命令守關的士兵快快把烽火點起。

11 各地諸侯看到烽火，以為周幽王有危險，急忙整頓人馬，火速前往國都鎬京救駕。

12 可是，當他們趕到驪山下時，連敵人的影子都沒看見，只聽到從山上傳來一陣陣奏樂和歌唱的聲音。

13 諸侯們仔細一看，原來是周幽王和褒姒在高台上飲酒作樂呢！

14 諸侯們都摸不着頭腦，周幽王這才不緊不慢地說：「也沒什麼事，就是我和娘娘悶得慌，點煙火玩玩，你們回去吧！」

15 諸侯們一聽這話，個個都氣得一肚子的火，快要爆炸了，但也只能忍氣吞聲地回去。

16 褒姒見到諸侯一個個急急忙忙地跑來，又灰頭土臉地回去，被逗得放聲大笑。

17 但周幽王覺得褒姒這一笑真是嬌媚如花，被迷得神魂顛倒。回去後，他立即重金酬謝虢石父。

18 過了些日子，犬戎真的打過來了。守關的士兵見情況緊急，連忙點燃烽火。

19 可是，諸侯們以為這次又是周幽王的玩樂把戲，根本不加理睬。

20 結果，犬戎的人馬浩浩蕩蕩地衝入鎬京，把老百姓殺的殺，搶的搶，城內一片哀嚎之聲。

21 沒過多久，犬戎就攻佔了周朝王宮，昏庸的周幽王慘死在犬戎的兵刀下，褒姒也被搶走。

22 後來，諸侯們趕到鎬京打退犬戎。但周幽王已死，諸侯們便擁立他的兒子宜臼（粵音：舅）繼位，即周平王。

23 由於犬戎勢力會危及鎬京，周平王只好下令遷都到東邊的洛邑，歷史上稱周朝以洛邑為國都的這段時期為「東周」。

「管鮑之交」常用來比喻交情深厚的朋友，那「管鮑」是指誰呢？他們之間有什麼故事呢？

1 東周長達五百多年，分「春秋」和「戰國」兩個時期。春秋時，周王權一落千丈，全國一百多個諸侯國混戰不斷。

2 小國不斷被大國吞併，大國的國君爭當霸主。齊桓公（桓，粵音援）最先稱霸，而這要歸功於兩個人：管仲和鮑叔牙。

3 管仲和鮑叔牙從小就是好朋友。他們年輕時曾合夥做買賣。由於管仲家比較窮，所以本錢幾乎都是鮑叔牙出的。

4 可是賺了錢，管仲拿的總比鮑叔牙多。有夥計覺得不公平，鮑叔牙卻說：「管仲家裏困難，我樂意多分給他一些。」

5 除了合夥做生意，管仲和鮑叔牙還一起打仗。衝鋒時，管仲都躲在鮑叔牙身後；退兵時，他則衝在鮑叔牙前頭。

6 別的士兵都嘲笑管仲貪生怕死，鮑叔牙卻為他抱不平：「管仲的母親年老多病，他要活着回去侍奉母親啊！」

7 管仲聽到這些話後，非常感動，他對鮑叔牙說：「生我養我的是父母，但懂我的卻只有鮑叔牙你啊！」

8 後來，管仲做了齊襄公的弟弟公子糾的師傅。

9 鮑叔牙則成為了齊襄公的另一個弟弟公子小白的師傅。

10 齊襄公昏庸殘暴，管仲和鮑叔牙都非常擔心齊國會發生暴亂。於是，管仲帶着公子糾逃到魯國。

11 鮑叔牙則帶着公子小白逃到莒國（莒，粵音舉）。

12 不久，齊國真的出現了暴動，齊襄公被殺。

13 哥哥死了，國君的位子還空着，公子糾和公子小白都想趕回齊國坐上這個寶座。

14 管仲擔心公子小白搶在前頭，立即帶着一支人馬去刺殺他。他遠遠望見公子小白坐在馬車上，便挽弓搭箭朝對方射。

15 公子小白在車內慘叫一聲，口吐鮮血，倒了下來。

16 管仲自以為得手，匆匆忙忙地帶着人馬逃跑了。

17 其實，管仲射出的那枝箭只是射中公子小白的袖子。公子小白當時靠咬破舌頭吐血騙過了管仲。

18 逃過一劫後，公子小白在鮑叔牙的幫助下繞捷徑搶先回到齊國，當上了齊國國君。公子小白就是齊桓公。

19 齊桓公想封鮑叔牙為宰相，輔助自己。鮑叔牙卻推辭説：「大王若想治理好國家，就應當讓管仲來做宰相。」

20 齊桓公一聽到管仲的名字，就氣得咬牙切齒，他忍住怒火對鮑叔牙說：「他差點就要了我的命，你還讓我重用他？」

21 鮑叔牙跪下為管仲求情：「他為公子糾效命，自然要冒死幫助公子糾。他的本領遠超於我，一定能幫助你稱霸天下！」

22 齊桓公覺得鮑叔牙的話很有道理，就原諒了管仲，封他為宰相。鮑叔牙則心甘情願地做了管仲的副手。

23 七年後，齊桓公在管鮑兩人的幫助下成為了春秋第一霸。管鮑兩人的友情在歷史上傳為佳話。

燕國遭山戎侵襲，齊桓公領兵應援，然而他這次卻遇到意想不到的危險。

1 公元前664年，燕國遭到北方的山戎入侵，情況危急，燕莊公派遣使臣向當時的諸侯盟主齊桓公求援。

2 齊桓公親率軍隊趕到燕國，山戎卻早已聞風而逃。

3 管仲對齊桓公說：「我們若現在走了，過不了多久，山戎會再度來襲。不如我們繼續向北追擊，徹底消滅他們。」

4 齊桓公同意繼續追擊山戎，但他對地形不熟悉，希望有人可以帶路。燕莊公提議請臨近的無終國做嚮導。

5 齊桓公立即派出使者向無終國請求幫助。最終，無終國派了一位大將帶領一隊人馬前來支援。

6 在無終國的幫助下，齊軍很快就找到山戎的隊伍，並將他們打得落花流水，但是山戎的大王密盧逃到孤竹國去了。

7 齊桓公決定向孤竹國進軍。大軍行進到孤竹國附近時，齊桓公就遇到密盧和孤竹國大將黃花。

8 兩軍交戰，密盧和黃花的軍隊慘敗，逃回了孤竹國。這時夜幕降臨，齊軍只得暫時安營紮寨。

9 可是到了深夜時分，孤竹國大將黃花又來了。只見他獨自前來，手裏居然還捧着一個人頭！

10 他跪在地上，說：「我們大王答里呵去找來救兵了，但我知道孤竹國已沒有指望，所以特意取密盧首級來投降。」

11 齊桓公見他手裏捧着的果然是密盧的首級，就相信了他的話。

12 第二天，齊桓公在黃花的帶領下去追擊答里呵。他們一路追趕到天黑點燈的時分，不知不覺來到一片茫茫的沙漠中。

13 他們在無邊無際的沙漠中轉來轉去，卻始終不見答里呵的蹤影。齊桓公急了，正想問黃花時，卻發現他不見了！

14 齊桓公此刻才醒悟過來，黃花是假意投降，其實是想把他們困死在這裏，他又後悔又憤怒。

15 管仲思索了一會兒，說：「大王，我聽説老馬識途，不如我們挑幾匹本地的老馬，讓牠們來帶路吧。」

16 於是，齊桓公令士兵們在隊伍中挑出幾匹本地老馬，解開牠們的轡繩，讓牠們走在隊伍的最前面。

17 說來也奇怪，這幾匹老馬走的方向居然出奇地一致。就這樣，齊軍跟着老馬慢慢走出沙漠，回到了原來出發的地方。

18 齊桓公讓軍隊在原地修整了一番，然後派一部分士兵扮成孤竹國的百姓混進孤竹國都城。

19 半夜，齊桓公帶領軍隊裏應外合，終於攻下了孤竹國都城，殺死了黃花和答里呵。

秦穆公求賢

齊桓公年老後，齊國西邊的秦國逐漸崛起，君主秦穆公生起爭奪霸主之位的心思。

1 秦穆公是秦國歷史上一位頗有作為的君主。他一即位，便親自帶兵跨過黃河，滅掉了茅津的戎人。

2 之後秦穆公不斷對外擴張，立志稱霸中原。只是身邊缺少可以出謀劃策的幫手，他只得四處搜羅人才。

3 公元前656年，秦穆公為進一步增強實力，向晉國提出聯姻。晉獻公見秦穆公很有雄才大略，便答應將女兒嫁給他。

4 晉獻公嫁女時陪嫁了一批奴隸，其中有個叫百里奚（粵音：兮），是虞國大夫。虞國被晉國所滅，他就成了晉國的奴隸。

5 百里奚是個出類拔萃的人才，而且志向高遠，他怎麼可能甘心做奴隸呢？在半路上，他就趁人不注意，偷偷逃跑。

6 不過，他運氣實在太差，才逃到楚國邊境，就被楚兵當作奸細捉起來，成了看牛餵馬的奴僕。

7 再說秦穆公，他讓人點算妻子的嫁妝時，發現少了一個叫百里奚的奴隸，不過他當時並不怎麼在意這件事。

8 但一個叫公孫枝的大臣得知此事後，又是搖頭，又是歎氣，說：「百里奚是難得一遇的人才，怎麼讓他跑丟了呢？」

9 秦穆公本來就求賢若渴，聽到這話心裏十分遺憾。他立即派人四處打聽百里奚的消息，這才知道百里奚在楚國。

10 秦穆公想準備厚禮贖回百里奚。公孫枝急忙制止道：「楚王本來不知道百里奚的價值，你這樣做不等於提醒了他嗎？」

11 秦穆公覺得有道理，便派使者用五塊羊皮去贖回百里奚。果然，楚王沒有察覺到異樣，爽快地放了百里奚。

12 百里奚到秦國後，秦穆公見他只是一個七十多歲的老頭，不由得有點兒失望，歎息道：「可惜你的歲數太大了啊！」

13 百里奚不服氣地說：「姜太公輔政時已經八十歲了，我比他還小十歲呢。你怎能以貌取人呢？」

14 秦穆公聽了，便向他求教如何治國。百里奚分析了秦國的形勢，提出應對措施。秦穆公很高興，立即拜他為上卿。

15 後來，百里奚舉薦蹇叔（蹇，粵音剪），秦穆公封百里奚為左相，封蹇叔為右相。兩人忠心耿耿，助秦穆公建立霸業。

為了逃避父親寵妃的陷害，晉國公子重耳開始了漫長的逃亡之路，最終他的命運如何呢？

1 晉獻公是晉國的第十九任君主，他繼位後任人唯賢，不斷擴軍外征，使晉國成為春秋時期的四大強國之一。

2 然而，到了晚年，這位賢明的君主開始沉迷女色，寵倖妃子驪姬。

3 當時，晉獻公有申生、重耳、夷吾、奚齊和卓子五個兒子，其中奚齊為驪姬所生。

4 驪姬為了讓兒子奚齊繼承王位，誣陷太子申生謀反，迫使申生自殺身亡。

5 重耳害怕遭到驪姬的迫害，決定逃離晉國。由於重耳在晉國很有名望，許多有才幹的大臣也紛紛跟他出逃。

6 半路上，重耳猶豫不決，不知道該逃往哪個國家。大臣狐偃（粵音：演）建議投奔狄國。

7 重耳來到狄國後，狄國國君收留了他。一年後，夷吾也被迫出逃。不過，他逃往了梁國。

8 公元前651年，晉獻公病亡，晉國爆發內亂，奚齊和卓子在內亂中被殺身亡。

9 夷吾得知消息後，趁機回到晉國，繼承了王位，他就是晉惠公。

10 晉惠公擔心重耳回來奪位，便派人去刺殺他。重耳得到密報，立即帶領隨從再次逃亡。

11 他們逃到衛國，可衛文公看不起重耳這個落魄的公子，命令守城士兵不准打開城門。

12 一行人只好繼續逃亡。這時，他們已餓腸轆轆，看到幾個農夫正在田間吃飯，便上前去討點東西吃。

13 這幾個農夫不僅不肯給他們吃的，還塞了一塊泥巴給重耳的隨從。重耳等人雖然非常憤怒，但也只能忍氣吞聲。

14 後來，他們歷經磨難，終於來到齊國。齊桓公熱情地招待他們，還送給重耳車子和房子，讓他們安心住下。

15 可是，沒過多久，齊桓公就死了，齊國也發生了內亂。重耳他們只好去投靠宋國。

16 宋襄公剛剛吃了敗仗，大腿還受了傷。不過，他讓大臣公孫固熱情接待了重耳。

17 之後，重耳的手下狐偃找公孫固商量重耳回國的事。公孫固認為宋國沒能力幫助重耳，建議他們向別的大國求助。

18 狐偃覺得公孫固的話很有道理，便與重耳等人離開宋國，來到了鄭國。然而，這次他們又吃了閉門羹。

19 無奈之下，他們只好去楚國。楚成王用貴賓的禮節來迎接重耳，兩人成為了很好的朋友。

20 此時晉惠公已死，他的兒子圉（粵音：語）繼位，也就是晉懷公。晉懷公本來在秦國做人質，後來私自逃回晉國。

21 秦穆公對晉懷公不滿，決定幫助重耳。他派人將重耳接到秦國，還將女兒懷嬴（粵音：迎）改嫁給重耳，以示友好。

22 公元前636年，秦穆公親自率兵護送重耳回國。在秦穆公的幫助下，重耳一口氣奪下了晉國好幾座城池。

23 後來，晉懷公招架不住攻勢，棄城而逃。重耳結束了十九年的逃亡生涯，登上國君之位，史稱晉文公。

楚晉兩軍交戰，晉軍不戰而退，一連退兵九十里，難道這是晉軍的計謀？

1 晉文公登上王位後，大力發展生產，訓練兵馬，晉國很快強盛起來。但他不滿足於此，還想像齊桓公一樣稱霸中原。

2 當時，南方的楚國實力強大，可說是晉國最強對手。公元前634年，楚成王發兵攻打宋國，宋成公派使者向晉國求援。

3 為樹立自己在諸侯中的威信，晉文公決定派兵前去攻打與楚國交好的曹、衛兩國，以解宋國之危。

4 果然，楚成王將圍攻宋國的兵力分配去支援曹、衛。但楚國救兵未到，晉軍就已攻破曹、衛都城，俘獲了兩位國君。

5 看到晉軍攻勢如此迅猛，楚成王決定不與其硬拼。於是，他派人命令圍攻宋國的成得臣退兵。

6 成得臣不甘心，他讓使臣回稟楚成王，說自己會竭盡全力攻下宋都，如遇晉軍也會與其決一死戰。

7 為了爭取主動權，成得臣派使者與晉軍談判，承諾只要晉國釋放曹、衛兩國國君，楚軍就會從宋國撤兵。

8 沒想到，晉文公將計就計，以與楚國斷交為條件，釋放了曹、衞兩國國君。而且，他還扣押了成得臣的使者。

9 成得臣氣得火冒三丈，立即將本來圍攻宋國的兵力，轉去進攻晉軍。

10 大戰一觸即發，成得臣率領大軍氣勢洶洶地撲向晉軍。但奇怪的是，晉軍沒有反擊，反而往後撤退三十里。

11 成得臣以為對方膽怯，馬上追擊。但晉軍仍沒有反擊，又往後撤退三十里。

12 成得臣見狀，十分得意，不依不饒地領軍追擊。晉軍還是往後退了三十里，一直退到城濮（粵音：僕），才安營紮寨。

13 晉軍中有些將士非常不解，覺得這是長他人志氣，滅自己威風。

14 晉文公解釋：「當初我流亡在外，曾得楚成王相助。我承諾，如果日後晉楚交戰，我一定退避三舍（一舍為三十里）。」

15 晉軍已撤退九十里，楚將鬥勃認為士兵們已疲憊不堪，勸成得臣趁此時收兵。成得臣不同意，還向晉文公發戰書。

16 第二天，兩軍再次對陣。雙方交戰不久，晉軍就假裝兵敗撤退。成得臣得意忘形，命令將士們全力追擊。

17 忽然，只聽到一陣鼓響，晉軍的一支精銳部隊從路旁衝殺出來。

18 這時，假裝敗退的晉軍也掉過頭來，與伏兵前後夾擊；楚軍頓時亂成一團，潰不成軍，四處逃竄。成得臣拼死搏鬥，才得以衝出重圍，向楚國方向逃去。

19 一貫得意驕傲的成得臣自知無法向楚王交代，最後自刎而死。

20 城濮之戰以晉軍勝利告終。在晉軍班師回國的路上，周襄王親自來到踐土慰勞晉軍。

21 晉文公趁此機會在踐土給周襄王建了一座行宮，並相約各國諸侯到此處會合，訂立盟約。

22 會上，周襄王賜給晉文公一把弓箭，允許晉文公代替他討伐不服從的諸侯。自此，晉文公成為了中原霸主。

楚莊王沉迷酒色，無心國事，不聽勸諫，可最後卻成了春秋霸主，這中間到底發生了什麼呢？

1 城濮之戰後不久，楚國太子商臣帶兵包圍王宮，脅迫楚成王上吊而死，然後自立為王，即楚穆王。

2 楚穆王一直對戰敗於城濮而耿耿於懷，他日夜積極操練兵馬，發誓要打敗晉國，一雪前恥。

3 為了壯大實力，楚穆王還拉攏陳、鄭、蔡等國，與他們結成聯盟。

4 然而，正當楚穆王準備大幹一場時，他突然患上一場重病，沒過多久，便撒手人寰。

5 楚穆王死後，他的兒子熊旅繼位，也就是楚莊王。

6 晉國相國趙盾趁楚國新舊政權交替之際，把原本歸附於楚國的幾個諸侯國拉攏過來，重新訂立盟約。

7 楚國大臣們得知此事非常焦急，害怕楚國的地位會受到威脅。他們再三勸說楚莊王出兵爭奪霸主地位。

8 可是，楚莊王一點也不把國家大事放在心上，更不想當什麼霸主，整天飲酒作樂，醉生夢死。

9 後來，他被大臣勸說得不耐煩，乾脆下了一道命令：進諫者死！

10 就這樣，楚莊王過了三年荒誕的生活。有一位叫伍舉的大臣眼看國內朝政不穩，非常擔憂，他決定冒死進諫。

11 一天，楚莊王正和寵妃喝酒猜謎。伍舉見楚莊王玩得高興，便上前說：「大王，我也想到一個謎語，請你猜猜。」

12 楚莊王一聽，來了興致，笑着問：「什麼謎語？說來聽聽。」

13 伍舉說：「『楚京有大鳥，棲在朝廷上。三年來，不飛不叫，令人好費解，到底為何故？』請大王猜這是何鳥？」

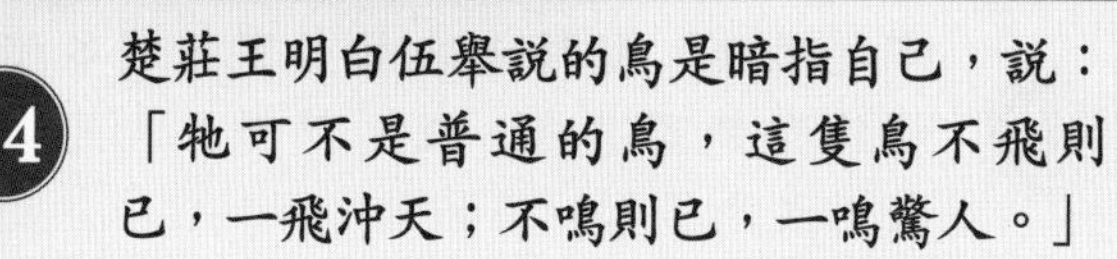

14 楚莊王明白伍舉說的鳥是暗指自己，說：「牠可不是普通的鳥，這隻鳥不飛則已，一飛沖天；不鳴則已，一鳴驚人。」

15 伍舉一聽，明白了楚莊王的意思，高興地退了出來。

16 從此以後，楚莊王一面改革政治，提拔賢臣；一面招兵買馬，訓練軍隊。就這樣，楚國慢慢強大起來。

17 公元前597年，楚國在邲地（邲，粵音拔）跟晉國展開了一場大戰。晉軍一敗塗地，傷亡慘重。

18 楚莊王見此，感歎道：「這一戰終於把城濮之戰的恥辱抹去。晉楚實力相當，還是講和吧！」說完，他就下令收兵。

19 邲之戰後，楚莊王名聲大震，許多諸侯紛紛向楚國進貢，以示歸附。從此，楚莊王成為了春秋五霸之一。

趙氏孤兒

晉國大臣趙朔的孩子還未出生就被仇家盯上了，他能順利降生到這個世上嗎？

1 公元前601年，晉國權傾朝野的名臣趙盾去世，他的兒子趙朔繼承了爵位。

2 趙盾一死，奸臣屠岸賈就想鏟除趙家，獨自控制政權。公元前597年，屠岸賈向晉景公羅列了趙家一系列的罪狀。

3 晉景公本來就擔心趙家勢力過大，早就想找藉口將他們除掉，屠岸賈此舉正合他的心意。他立即下令問罪趙氏家族。

4 趙家慘遭滅門。只有趙朔的妻子莊姬憑藉晉景公妹妹的身分而倖免於難。她當時正懷孕，只得躲到母親的宮中待產。

5 屠岸賈天天到宮中探聽莊姬的消息，打算等莊姬的孩子一落地，就將他殺死，以絕後患。

6 趙朔的兩個門客公孫杵臼（粵音：處舅）和程嬰也努力探聽消息，他們為趙家抱不平，一心想救這個趙氏孤兒。

7 不久，莊姬生下一個男孩，她把孩子託付給程嬰後就自殺。程嬰是個醫生，他將嬰兒藏在藥箱裏，帶出了王宮。

8 屠岸賈得知莊姬分娩後，立刻帶人到宮中搜查，但找不到孩子。他斷定孩子是給人偷運了出宮。

9 為了找到孩子的下落，屠岸賈發布了一個懸賞公告：知趙家孤兒下落者，賞黃金一千兩。

10 同時，他還派人在全國搜查，只要發現半歲以內的男嬰，一律處死。

11 程嬰不忍看那麼多嬰兒無辜受難，便找公孫杵臼商量對策。公孫杵臼認為，找嬰兒來冒充趙氏孤兒是兩全其美之法。

12 可誰肯為別人而犧牲自己的孩子呢？程嬰猶豫再三，最後做了一個艱難的決定：用自己剛出生的兒子冒充趙氏孤兒。

13 公孫杵臼含淚答應了程嬰的提議。為了騙過狡猾的屠岸賈，兩人連夜商定了一個完美的調包計。

14 第二天一早，程嬰忍痛將自己的兒子交給公孫杵臼，讓公孫杵臼帶着這個孩子藏到首陽山。

15 真正的趙氏孤兒則交了給程嬰的妻子。她順利躲過屠岸賈布下的線眼，帶着孩子朝另一個地方逃去。

16 安排妥當後，程嬰便前往屠岸賈的府邸，自稱是趙朔的門客，為得賞金來告發公孫杵臼將趙氏孤兒藏起來。

17 屠岸賈等人跟着程嬰找到公孫杵臼和「趙氏孤兒」。公孫杵臼假裝義憤填膺，大罵程嬰是無恥之徒。

18 為騙過屠岸賈，公孫杵臼苦苦哀求屠岸賈放孩子一條生路。屠岸賈不為所動，最後更殺了公孫杵臼和程嬰的孩子。

19 程嬰強忍悲憤，背負罵名，帶着趙氏孤兒趙武隱居盂山。十五年後，趙武在程嬰的培育下，成為一名文武雙全的青年。

20 此時，晉國國君已是晉悼公（悼，粵音盜）。得知趙家的冤屈及趙氏孤兒的事後，他立即召趙武入宮，為趙家平反。

21 為了撫慰趙家的冤魂，晉悼公命令武士們當場殺死屠岸賈，接着又讓趙武和程嬰帶領士兵抄斬屠岸賈全族。

22 過了幾年，趙武繼承了父親趙朔的爵位。程嬰認為自己已完成夙願，不願苟活於世，自刎而死。

23 晉悼公替趙家平反冤屈後，重用趙武，減少賦稅，發展生產，操練兵馬。這樣，一度衰落的晉國又重新強大起來了。

晏子使楚

齊國大臣晏子奉命出使楚國，楚國仗着國力強盛，處處為難晏子，晏子是如何應對的呢？

1 春秋末期，齊國大臣晏子奉齊景公之命出使楚國。

2 楚靈王想乘機羞辱晏子，顯楚國的威風。得知晏子身材矮小，他便吩咐衛兵關閉城門，讓晏子從旁邊的狗洞鑽進去。

3 晏子知道楚靈王的用意，他對衛兵說：「這是狗洞，不是城門，若我訪問的是『狗國』，那我願意從狗洞進去。」

4 衞兵把晏子的話轉告給楚靈王。楚靈王怎麼可能承認自己的國家是狗國呢？他只好讓衞兵打開城門，迎接晏子進來。

5 晏子進宮拜見楚靈王，楚靈王瞅了他一眼，輕蔑地說：「難道齊國沒有人了嗎？」

6 晏子說：「齊國住滿了人。大家舉起袖子，能遮住太陽；甩甩汗，能下一場雨；行人肩膀擦着肩膀，腳尖挨着腳跟。」

7 楚靈王冷笑着說：「既然這樣，為什麼派你這樣的人來做使臣呢？」

8 晏子拱手說：「我們有個規矩，訪問賢能的君主，就派有才能的人；若非訪問賢能的君主，就派沒有才能的人去。」

9 楚靈王聽了，氣得吹鬍子瞪眼，但又無可奈何。

10 過了一會兒，楚靈王安排酒席招待晏子。他們正喝得高興時，兩個士兵押着一個犯人走過來。

11 這是楚靈王事先安排好的，但他假裝不知情，問：「這個人犯了什麼罪？」士兵回答：「這是齊國人，犯了盜竊罪。」

12 楚王立刻笑着對晏子說：「你們齊國人怎麼幹這種沒出息的事啊？」在場的大臣聽了，都得意洋洋地笑起來。

13 晏子面不改色地說：「淮南的柑橘又大又甜，但種到淮北就結出又小又苦的枳（粵音：指）子，這是水土不同的緣故。

14 齊國人在齊國能安居樂業，到了楚國卻偷雞摸狗，這大概是因為楚國的水土使人善於偷盜吧。」

15 楚靈王和大臣們聽了面面相覷，他們自知不是晏子的對手，不再為難他。晏子最終順利完成了出使任務。

孔子是儒家學派的創始人，為了宣揚自己的政治主張，他做了哪些努力呢？

1 孔子是春秋時期的魯國人，儒家學派的創始人。他自小聰明，精通六藝：禮節、音樂、射箭、駕車、書寫、算數。

2 由於孔子博學多才、能力超凡，許多人前來拜他為師。後來孔子乾脆辦起學校，收起學生來。

3 孔子政治見解獨特，主張恢復周朝的禮樂制度、實行仁政。在他三十五歲時，魯國發生內亂，他便前往齊國。

4 孔子向齊景公闡述自己的政治主張。齊景公對孔子大為讚賞，但齊國的一些大臣們常常在齊景公面前說孔子的壞話。

5 最後，齊景公相信了這些大臣的話，沒有重用孔子。孔子只好無奈地返回魯國。

6 孔子回魯國後，在別人引薦下，擔任了司寇一職，政績卓著，魯國開始日漸強盛起來。這讓齊景公感覺受到了威脅。

7 齊景公故意送一批美女給魯定公，企圖讓他因此荒廢國事。果然，魯定公從此尋歡作樂，不理朝政，漸漸疏遠孔子。

8 孔子見魯定公不思政事，只好帶着弟子們到各國遊歷，希望找到一位賢明的君主來實施自己的政治主張。

9 他先後遊歷了衞國、宋國、鄭國、陳國等國家，但由於他的主張觸犯了諸侯國掌權者的利益，沒有一個國家願意任用他。

10 期間，他不僅遭當權者的誤解，還經常忍飢挨餓，只能以野菜充飢。十四年後，孔子才放棄從政的念頭，重回故國。

11 此後，他專注於著書立說，整理《詩經》、《尚書》等古代典籍。後來，弟子還把他的言行記錄下來，編成了《論語》。

有美味的食物不吃，卻每天品嘗苦膽的味道；有柔軟的牀鋪不睡，卻每天睡在柴草堆上，越王勾踐為什麼要這麼做呢？

1 春秋末期，在長江下游興起了兩個強大的諸侯國：吳國和越國。這兩國互相牽制，誰也不讓誰，因此常年戰爭不斷。

2 公元前494年，吳越兩國在夫椒這個地方交戰，越軍慘敗，越王勾踐被圍困在會稽山。

3 勾踐派大臣文種去向吳王夫差求和。文種聽說吳國大臣伯嚭（粵音：鄙）貪財好色，就用金銀珠寶和美女去賄賂他。

4 伯嚭得到禮物非常高興，費盡口舌勸説夫差。最終，夫差被説服，沒有滅掉越國，而是讓勾踐夫婦到吳國做奴僕。

5 勾踐將國事交給文種，就帶着妻子去吳國伺候夫差。他們在吳國鋤草餵馬，每天都要辛苦勞作。

6 有一次，夫差生病，勾踐不僅盡心盡力服侍，還用手指蘸着夫差的糞便放到嘴裏品嘗，以找出病情。夫差感動極了。

7 漸漸，夫差放鬆了警惕，甚至對勾踐生出同情心。三年後，夫差認為勾踐已真心歸順於他，便將勾踐夫婦放回越國。

8 其實，勾踐沒有屈服，他一回到越國便立志報仇雪恨。為提醒自己不忘在吳國受到的屈辱，他每天都睡在柴草堆上。

9 他還在牀頭掛了一個苦膽，每天醒來第一件事就是嘗苦膽的滋味，並責問自己：「難道你忘記了在吳國受到的恥辱嗎？」

10 勾踐實施了許多強國措施，網羅各方面的人才，並積極訓練軍隊。

11 為了恢復國內的生產，勾踐與百姓一起從事耕作，還讓妻子和婦女們一起養蠶織布做衣服。

12 同時，他還想方設法削弱吳國的實力，先是給夫差獻上西施和鄭旦等絕色美女，讓夫差縱情聲色，無心國事。

13 看到夫差在建亭台樓閣，他又派人送去能工巧匠和建築良材，讓吳國建造更大的宮殿，以耗盡錢財。

14 公元前482年，勾踐趁夫差興兵參加黃池會盟之際，一舉攻破吳國都城。夫差派伯嚭求和，勾踐才撤兵回國。

15 公元前473年，勾踐再領兵攻打吳國。夫差屢次派人求和不成，最後只得自殺身亡，強盛一時的吳國最終走向滅亡。

晉國實力逐漸衰弱，四個位高權重的大臣此時卻心懷鬼胎，蠢蠢欲動，最終他們會得逞嗎？

1 春秋末期，晉國實力越來越弱，晉國國君成了傀儡，國家政權被韓康子、魏桓子、趙襄子和智伯四個大臣把持。

2 智伯想獨佔整個晉國。一個謀士看穿他的心思，給他一個主意：假傳國君命令，讓趙、韓、魏三家各割讓一百里土地。

3 於是，智伯就派人去傳達這個假命令。韓康子明白這是智伯的詭計，但他自知不是智伯的對手，只得忍痛答應了。

4 魏桓子見韓康子已經退讓，同意割讓土地，所以他也乖乖地照做了。

5 但趙襄子就沒那麼好對付，他理直氣壯地對智伯派來的人說：「這些土地是先人傳下來的，怎麼能說割讓就割讓？」

6 智伯氣得火冒三丈，立即與韓康子、魏桓子商議攻打趙襄子之事，並約定消滅趙襄子後，三家一起瓜分趙氏的土地。

7 公元前455年，智、韓、魏三家共同起兵攻打趙襄子。趙襄子寡不敵眾，只得退守晉陽城。

8 晉陽城防守堅固，糧草充足，任敵軍在城外如何叫囂，趙家軍都堅守不出，只管往外「嗖嗖」地放箭。

9 一年過去，晉陽城沒有被攻下，智伯心急如焚。這天他察看地形時，發現晉陽城東北有一條晉水，便想到一個毒計。

10 智伯讓人挖了一條可以通向晉陽城的河道，並在上游築壩蓄水。

11 雨季來了，上游河水暴漲，智伯命人在大壩上打開一個口子。霎時間，只見洶湧的河水如同千軍萬馬直奔晉陽城。

12 城中的房子很快被淹沒，百姓紛紛跑到房頂和高處避難。智伯站在城外的高地上，看到城內一片狼藉，不禁仰天大笑。他轉過頭得意地對韓康子和魏桓子說：「恐怕汾水（汾，粵音焚）和絳水（絳，粵音鋼）也保護不了你們的安邑和平陽吧？」

13 韓、魏兩人聽了大驚失色，因為安邑和平陽是他們的封地。智伯意識到他的話暴露了其野心，便講其他內容蒙混去。

14 其實，趙襄子早就暗中拉攏過韓、魏兩人，但他們一直拿不定主意。這天夜裏，韓、魏兩人商議許久，決定背叛智伯。

15 第二天半夜，智伯被喊殺聲驚醒，他急忙起來，發現營帳內到處是水。原來，韓、魏、趙三人放水來淹智伯的軍營！

16 韓、魏、趙三人的軍隊趁此時駕着船衝殺過來，智伯的軍隊沒有防備，被殺死、淹死的，不計其數。智伯也被活捉了。

17 韓、魏、趙將智伯滿門抄斬，並瓜分其土地。但他們還不滿足，把晉國剩下的土地也分了，只給國君留下兩座城池。

18 公元前403年，周天子被迫封韓、魏、趙為諸侯。三人分別定都建國，晉國滅亡。三家分晉標誌戰國時期的開始。

西門豹破除迷信

西門豹奉命治理鄴城（鄴：粵音葉），此地巫婆蠱惑人心，與鄉紳勾結，殘害百姓，西門豹會用什麼辦法鏟除他們呢？

1 戰國時期，魏王派西門豹去治理鄴城。西門豹到任後，發現這地方田地荒蕪，人煙稀少，到處一片荒涼的景象。

2 一位老農告訴西門豹，很多人都因為河伯娶媳婦的事而離開。西門豹聽了一臉疑惑，老農便給他講述近幾年發生的事。

3 鄴城有一條漳河，每到降水量最大的時期就會漲大水。洪水淹沒莊稼，沖毀房屋，奪去人命，百姓苦不堪言。

4 一個巫婆說，漳河氾濫是因為漳河裏的水神河伯發怒了。想要平息水患，必須每年嫁一個年輕漂亮的姑娘給河伯。

5 鄉紳聽到巫婆這麼說，便殷勤出面給河伯辦喜事。每年大家都被逼湊出幾百萬錢，大部分都進了鄉紳和巫婆的口袋。

6 除了出錢，更讓百姓害怕的是，巫婆和她的女弟子逐家逐户看姑娘，看到稍有幾分姿色的姑娘，就將她搶去。

7 新娘被打扮一番後，坐在由蘆葦編成的草席上，然後就被送入漳河中。漂了幾里地後，她就會隨草蓆沉入水中。

8 給河伯娶媳婦後沒再鬧過水災，大家便相信巫婆的話。但大家知道給河伯當新娘會丟性命，因此紛紛帶着女兒出走。

9 西門豹聽了老農的話，恨得咬牙切齒，他強忍着怒氣説：「下回河伯娶媳婦時，麻煩你告訴我，我也去送新娘。」

10 不久，河伯娶妻的日子到了。西門豹果真帶着武士來到漳河邊。鄉紳和巫婆見他來了，都鞠躬迎接。

11 巫婆領着新娘過來行禮，西門豹假裝不滿意地對巫婆説：「這姑娘不漂亮。得重新找一個！請你跟河伯説一聲。」

12 巫婆還沒來得及答話，西門豹就示意身邊的武士架起她扔進河裏。在場的人嚇得大氣都不敢出。

13 過了一會兒，河面恢復平靜。西門豹裝作不耐煩的樣子，對巫婆的女弟子說：「巫婆辦事太沒效率，你去催催她吧。」

14 說完，他又讓武士將女弟子投進漳河。鄉紳看了嚇得全身發抖，額頭不斷冒着冷汗。

15 過了很久，西門豹歎了一口氣說：「我看還是派個說得上話的鄉紳下去較好。」鄉紳聽了，嚇得跪在地，連聲求饒。

16 西門豹冷笑問他：「怎麼？去見河伯有什麼可怕？」鄉紳說：「漳河裏根本沒有水神，我和巫婆欺騙了大家。」

17 在場的百姓聽了，恍然大悟，紛紛指着鄉紳大聲辱罵。

18 事後，西門豹將巫婆和鄉紳的財產分給鄴城的百姓。那些逃亡異鄉的人，也陸續回來了。

19 為了治理鄴城的水患，西門豹帶領百姓開鑿水渠，引水灌溉莊稼。從此，鄴城不再鬧水災，而且年年都有好收成。

神醫扁鵲

相傳在春秋戰國時期有一位叫扁鵲的神醫，一起來看看他是如何救死扶傷的吧！

1 扁鵲是春秋戰國時期齊國的一位名醫，他醫術高明，常常雲遊四方，救死扶傷。

2 有一次，扁鵲途經虢國，聽説太子突然得暴病而死。他覺得事有蹊蹺，便向守衞王宮的人表明身分，請求進去看太子。

3 國君對扁鵲早就略有耳聞，忙命人宣扁鵲進宮。

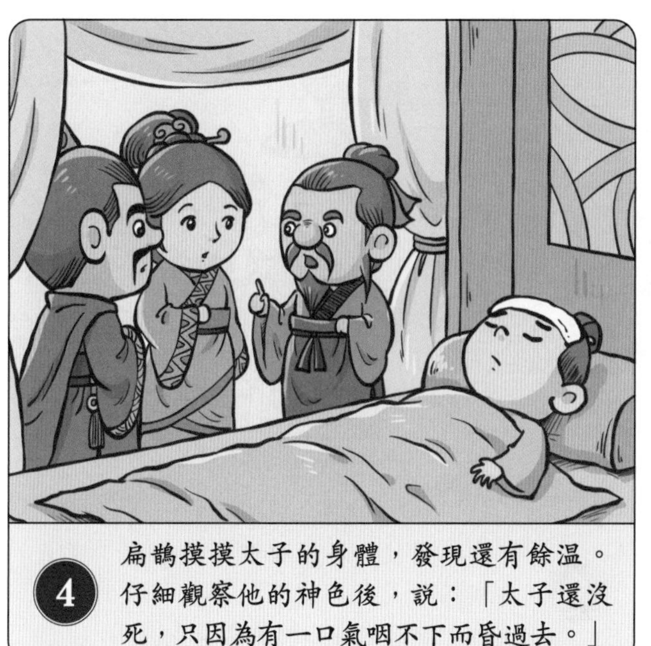

4 扁鵲摸摸太子的身體，發現還有餘温。仔細觀察他的神色後，說：「太子還沒死，只因為有一口氣咽不下而昏過去。」

5 說完，扁鵲連忙拿出銀針在太子頭頂的百會穴施了一針。沒過多久，太子就慢慢睜開雙眼。國君在一旁看到又驚又喜。

6 扁鵲又給太子開藥方，太子吃了數十天後，完全康復了，國君一家格外高興。

7 沒過多久，扁鵲來到蔡國。蔡桓公對他十分仰慕，派人請他入宮。一見面，扁鵲便說蔡桓公皮膚有小病，需及時醫治。

8 蔡桓公一聽，很不高興，但又不宜動怒，只是笑笑說：「先生多慮了，我沒有病。」

9 扁鵲離開後，蔡桓公對身邊人說：「我看扁鵲只是徒有虛名，喜歡給沒病的人治病，好證明自己的醫術有多高明。」

10 過了十天，扁鵲拜見蔡桓公，說他的病已蔓延至肌肉，不及時醫治會加重。蔡桓公扭過頭不理他，扁鵲只好告退。

11 又過了十天，扁鵲再入宮，說蔡桓公的病已惡化到腸胃，再不醫治就回天乏術。蔡桓公聽後大怒，扁鵲只得長歎而去。

12 又過了十天，扁鵲第四次入宮，這次他遠遠望見蔡桓公便轉身離去。蔡桓公十分驚訝，連忙派人去問。

13 扁鵲說：「病在皮膚可熱敷治療；病在肌肉可用針灸；病在腸胃可用湯藥。但國君已病在脊髓，我也沒辦法把他治好。」

14 果然，只過了五天，蔡桓公就病倒，沒多久就死了。

15 這件事傳出去後，人們都紛紛稱讚扁鵲為神醫，找他看病的人更多了。

衞鞅（粵音：央）在秦國主持變法，但他是衞國人，所以很擔心自己沒有威信。為了樹立威信，他會怎麼做呢？

1 秦國是「戰國七雄」之一，但與其他六國相比，實力稍遜。秦孝公即位後，為改變秦國落後之局，頒布了求賢令。

2 衞鞅聽説秦孝公正搜羅人才，便從衞國趕來投奔。他向秦孝公提出了變法主張，秦孝公非常贊同，還讓他主持變法。

3 衞鞅很快就草擬好改革法令，但他擔心百姓不信服自己，不按新法令去做。為了樹立威信，他想到一個好辦法。

4 衛鞅派人在都城南門立了一根木頭，然後下令：「誰能把這根木頭扛到北門去，就賞他十兩金子。」

5 消息一出，百姓紛紛跑到南門看熱鬧，大家都對這道命令議論紛紛，但就是沒有人敢上前去扛木頭。

6 衛鞅把賞金提高到五十兩。這下終於有人從人羣裏走出來，他說：「不就是扛木頭嗎？我來試試！」

7 說完，他把木頭扛到肩膀上。大家都想知道結果怎麼樣，便紛紛跟在他後面。

8 等那人去到北門，將木頭放下後，衛鞅立刻叫人拿來五十兩金子給他。大家一看都傻眼了，很後悔沒有相信衛鞅的話。

9 沒多久，衛鞅向全國公布新法令。新法令貼出後，百姓圍在一起認真研究，因為他們知道衛鞅是個言出必行的人。

10 新法令鼓勵殺敵立功，獎勵農業生產，因此士兵奮勇殺敵，農民積極耕作。秦國很快一躍成為七國中最富強的國家。

11 為了表彰衛鞅的功勞，秦孝公封他為侯，還把商地十五座城池賜給他，於是後人都稱他為商鞅。

孫臏（粵音：鬢）慘遭同窗龐涓（粵音：捐）暗算，導致殘疾。他是如何與龐涓鬥智鬥勇，為自己報仇雪恨的呢？

1 見秦國用變法強大起來，魏惠王十分羡慕，開始招賢納士。有個叫龐涓的魏國人，因精通謀略而被魏惠王拜為將軍。

2 過了一段時間，有人向魏惠王推薦齊國人孫臏，説這個人智謀超羣，堪擔重任。

3 龐涓早就認識孫臏，因為他們曾同時跟隨鬼谷子學習。魏惠王知道龐、孫兩人的關係後，讓龐涓寫信請孫臏來。

4 孫臏收到信後，滿心歡喜，立即趕往魏國都城大梁。孫臏到魏國後盡心盡力輔助魏惠王，很快得到魏惠王的重用。

5 然而，龐涓心胸狹窄，容不下孫臏，便設計誣陷孫臏私通齊國，導致他被砍掉雙腳，臉上還刺上罪犯的標誌。

6 為求自保，孫臏裝瘋賣傻。後來，齊威王聽説孫臏是個不可多得的人才，便讓使臣駕着車馬偷偷帶孫臏回到齊國。

7 及後，魏惠王派龐涓攻趙都邯鄲（粵音：寒丹）。趙國向齊國求救。齊威王封田忌為將軍，孫臏為軍師，發兵救趙。

8 孫臏認為只有直接攻打魏國都城大梁，才能解邯鄲之危。於是，田忌便聽從他的建議，率領軍隊直奔大梁。

9 龐涓剛攻下邯鄲，就聽到大梁危急的消息，只得立刻退兵，率軍隊回去營救大梁。

10 誰知，在半路上他們遭到齊軍的埋伏。魏軍長途奔波，早已疲憊不堪，哪裏抵擋得住齊軍的攻擊，結果被打敗。

11 公元前341年，韓國因不敵魏國的入侵，向齊國求救。田忌、孫臏再出戰，他們採用舊法，直接帶兵攻打魏國大梁。

12 龐涓退兵趕到魏國時，齊軍已攻入魏國境內。他察看齊軍駐紮的地方，發現爐灶可供十萬人吃飯用，不禁大驚。

13 不過，龐涓還是繼續領軍追擊。第二天，他又再數齊軍遺留下的爐灶，卻發現數目減少了，爐灶只夠供五萬人用。

14 到了第三天，他又數算齊軍用過的爐灶，發現只夠兩三萬人使用。他推斷齊軍已經逃跑了大半，不由得放聲大笑。

15 龐涓加快了追擊的步伐。當魏軍追到馬陵時，天已經全黑。馬陵道處於兩山之間，地勢十分險峻。

16 走着走着，他們被一堆木頭擋住去路。原來路旁的樹木全被砍光，剩下一棵最大的，被剝去樹皮，上面還刻着……

17 龐涓命人點起火把一看，只見上面寫着：「龐涓死於此樹下」，他這才知道中計了，連忙下令撤退，但一切都遲了。

18 無數利箭如同雨點般襲來，魏軍紛紛倒地。龐涓自知無路可逃，只得拔劍自殺。原來，這都是孫臏的計策，他吩咐士兵逐日減少爐灶數量，誘騙龐涓追趕，並算準魏軍到達馬陵的時辰，在此埋伏了大批弓箭手。龐涓機關算盡，最終卻還是敗給了孫臏。

合縱與連橫分別是蘇秦和張儀提出的外交策略，這兩種策略具體是怎樣的呢？

1 「戰國七雄」是戰國時期最強大的七個諸侯國。秦位於西方，燕、趙、齊、魏、韓、楚則南北縱向分布於東方。

2 這七國為求生存，明爭暗鬥，互相利用。在這環境下，湧現出大批出謀劃策的謀士，蘇秦、張儀是其中的佼佼者。

3 秦國用商鞅變法後，成為最強大的諸侯國。蘇秦為得一官半職，去求見秦惠文王，向他獻計兼併六國，卻不受重用。

4 蘇秦覺得這肯定是因為自己學識不夠，於是回家發奮苦讀，懸樑刺股，專心研究兵法和各國的政治情況。

5 一年後，蘇秦到燕國，求見燕文公，宣揚其政治主張：合縱，即南北縱向的六個諸侯國聯合起來共同對付秦國。

6 燕文公見蘇秦説得頭頭是道，便派他去趙國作聯絡。趙肅侯也被説服，他讓蘇秦約其他五國國君到趙國訂立盟約。

7 公元前333年，六國國君在趙國洹水訂立合縱盟約，約定共同防範秦國。蘇秦被封為「縱約長」，掌管「六國相印」。

8 秦惠文王見六國聯合起來對抗秦國，非常擔憂。這時，謀士張儀向他提出「連橫」的策略。

9 連橫是指秦國分別與六國聯合，使各國互相猜忌，從而破壞他們合縱的盟約。秦惠文王大為喜悅，讓張儀着手實施。

10 六國之中，齊、楚兩國最強，張儀決定先挑撥這兩國的關係。他先用重金賄賂楚懷王的寵臣靳尚，讓他幫自己説話。

11 然後他去求見楚懷王，表達秦國願與楚國交好的意願，且承諾只要楚懷王與齊國斷交，秦國就送六百里土地給楚國。

12 在張儀和靳尚的連番游說之下，楚懷王很快就同意了。他一面處理與齊國斷交之事，一面派人去秦國接收土地。

13 誰知，使者一到秦國，張儀就翻臉不認賬了，楚國使者只得悻然而歸。

14 楚懷王大怒，立即攻打秦國。楚軍慘敗，既沒得到秦國的六百里地，連本國的六百里地都丟了，楚國從此元氣大傷。

15 後來，張儀又利用各國矛盾，先後說服齊國、趙國、燕國投靠秦國，就這樣，六國合縱聯盟被一步步瓦解了。

屈原投江

楚國自從中了秦國的詭計，與齊國斷交後，便遭到秦、齊兩國的輪番攻擊，國力因而漸漸衰落。

1 公元前299年，楚秦再交戰，楚國大敗。楚懷王只得重新加入合縱聯盟，派人到齊國重修兩國關係，希望聯齊抗秦。

2 秦昭襄王知道這對自己不利，立刻寫信邀請楚懷王到武關相會，說是要訂立盟約，永修舊好。

3 在靳尚和公子蘭的勸說下，楚懷王決定冒險赴約。大夫屈原認為這是秦國設下的陷阱，極力勸阻楚懷王，卻不成功。

4 楚懷王滿懷喜悅地去赴會，沒想到果真如屈原所說，他一到秦國，便被扣押起來。

5 楚國大臣們只好擁立太子橫為王，也就是楚頃襄王。楚頃襄王和楚懷王一樣，重用靳尚和公子蘭，對屈原態度十分冷淡。

6 三年後，逃跑失敗的楚懷王在秦國鬱鬱而終。屈原悲痛萬分，極力勸說楚頃襄王磨兵器、練戰馬，為楚懷王報仇雪恨。

7 然而，楚頃襄王壓根不想派兵出戰，再加上靳尚和公子蘭整日在他面前說屈原壞話，他一惱火，便將屈原革職流放。

8 屈原被放逐到湘南。他心中悲憤不已，不食不眠，整個人瘦得只剩一副骨頭。

9 一天，他在汨羅（汨，粵音覓）江岸一邊走，一邊唱傷心的歌。漁夫認出屈原，驚訝地問：「你怎麼淪落到這地步？」

10 屈原歎息道：「整個世界都是渾濁的，只有我一人清白；眾人都迷醉了，只有我一人清醒。因此我被放逐了。」

11 救國無門，屈原痛苦到極點。他只得通過創作大量詩歌來發洩悲憤。後來，人們把屈原創作的詩歌稱為《楚辭》。

12 公元前278年，秦國大軍攻下楚國國都。屈原這時六十二歲，在外流放十餘年，知道國都淪陷，他不禁失聲痛哭。

13 他知道楚國已經沒有希望，又不願看到國家落入敵人手中，便在五月初五那一天，抱着一塊大石頭跳進汨羅江。

14 百姓紛紛駕船來救。可江水滔滔，哪裏找到屈原？人們只好拿些飯糰丟進江裏，望魚兒吃飽後，不去咬屈原的身體。

15 後來，每年五月初五，人們都會通過包糭子、賽龍舟的方式來紀念屈原，這一天被稱為「端午節」。

孟嘗君廣羅門客，連只會小偷小摸的人也收歸門下。這些人最後會對他有幫助嗎？

1 戰國時期，齊國有個叫孟嘗君的貴族。他愛結交天下各種人物，凡是前來投奔他的，他都不計較身分，收歸門下。

2 秦昭襄王聽説孟嘗君的事後，想與他結交，不惜派弟弟涇陽君（涇，粵音京）到齊國做人質，換孟嘗君到秦國做丞相。

3 齊湣王（湣，粵音敏）見秦昭襄王這樣有誠意，就讓孟嘗君去秦國，後來還把涇陽君也送回去。

4 一到秦國，孟嘗君就把一件純白色的狐狸皮袍子給秦昭襄王做見面禮。秦昭襄王非常高興，讓手下將大衣好好收藏。

5 不久，秦昭襄王準備擇日拜孟嘗君為丞相，大臣樗里疾（樗，粵音書）卻勸阻：「他來自齊國，心肯定向着齊國。」

6 秦昭襄王一聽覺得有些道理，便派人先將孟嘗君軟禁起來，還準備殺掉他。

7 涇陽君在齊國待過一段時間，與孟嘗君交好。他聽説孟嘗君處境危險，便去求當時最受寵的妃子燕姬為孟嘗君求情。

8 燕姬答應了，但她要一件白狐狸皮大衣作酬勞。這讓孟嘗君感到為難，因為這種大衣只有一件，他早就送給秦王了。

9 孟嘗君有一個曾當過小偷的門客，他得知此事後，神不知鬼不覺地將大衣偷了出來，送到燕姬面前。

10 燕姬得到了想要的東西，便去説服秦昭襄王放孟嘗君回國。

11 為能順利通過關口，孟嘗君讓一個會做假文書的門客將放行文書上的名字改了，然後喬裝成商人，急匆匆上路。

12 他們來到函谷關時，天還沒亮。按規矩，雞鳴後才讓人過關。孟嘗君怕秦昭襄王派人追上來，急得像熱鍋上的螞蟻。

13 這時，一個門客模仿雞叫，周圍的雞都跟着叫起來。守關的士兵聽到雞叫，便打開了城門。

14 果然，秦昭襄王沒過多久就反悔了，他派人騎快馬追到函谷關，沒想到孟嘗君早就憑藉假文書出關多時了。

15 孟嘗君回到齊國，齊湣王仍然讓他當相國，而他的門客也越來越多。

田單巧設火牛陣

強盛一時的齊國面臨滅國之危，田單憑藉超人智慧拯救國家。

1 田單是戰國時期齊國的遠房宗室。齊湣王在位時，田單在國都臨淄（粵音：姿）庸庸碌碌地做着一個小官。

2 公元前284年，燕國大將樂毅奉命攻打齊國。齊國防守不住，接連丟掉了七十多座城池，齊湣王也在逃亡時被殺。

3 燕軍打過來時，田單隨着逃難的百姓一起逃到即墨。但沒過多久即墨也遭到燕軍的襲擊。

4 即墨大夫在守城戰中受傷身亡。城裏軍隊沒有人主持，頓時一片混亂。在這危急時刻，田單被眾人推舉為將軍。

5 為擴充軍隊，田單把本族人和自己的妻子都編入隊中。他日夜加緊練兵，與士兵同吃同住，大家都十分敬佩他。

6 燕軍實力強勁，樂毅有勇有謀，田單知道不能與其硬碰，因此一直在城中堅守不出，以待時機。

7 公元前279年，燕惠王即位。田單暗中派人到燕國散布謠言，說即墨久攻不下，是因為樂毅想收買人心，自己當齊王。

8 燕惠王與樂毅素有嫌隙，聽到傳言，他立即派心腹騎劫去替換樂毅。就這樣，田單利用反間計成功調走了勁敵樂毅。

9 騎劫來後，田單故意派人在城外談天。有的說樂毅對俘虜很好，有的說齊國人最擔心被燕軍挖開祖墳。

10 這些話很快就傳到騎劫的耳中。為了給齊國人一個下馬威，他命人割去齊國俘虜的鼻子，挖開齊國人的祖墳。

11 齊國人得知此事，無不恨得咬牙切齒，他們紛紛請求田單出戰，與燕軍拼個你死我活。

12 田單見成功激起了大家的鬥志，便從請戰的人中挑選出五千名壯漢，然後命人選了一千頭牛，開始秘密訓練。

13 他又讓士兵扮成富商，向騎劫獻上大量金子，說：「城中糧草短缺，不用幾日將軍即可破城，請將軍保全我們家小。」

14 騎劫滿心歡喜，一口答應了。這消息很快傳遍了燕軍軍營，士兵們都以為勝券在握，士氣漸漸鬆懈下來。

15 這天午夜，田單命人給牛披上花樣古怪的外衣，犄角捆上兩把尖刀，牛尾繫上浸過油的葦子，然後將牠們趕到城外。

16 一聲令下，牛尾的葦子被點燃。一千頭尾巴着火的牛發瘋似的朝燕軍軍營衝去，五千名畫着花臉的壯漢手執長刀跟在後頭。看到這樣一羣怪物衝過來，燕軍嚇得魂飛魄散。霎時間，燕國士兵有的被牛踩死，有的被牛犄角上的尖刀或壯漢的長刀殺死，死傷慘重。

17 騎劫在混亂中被殺，田單大獲全勝。田單又乘勝追擊，很快就將被燕國佔領的城池全部收回。

18 公元前279年，田單將太子法章接回臨淄，立他為王，就是齊襄王。田單憑智慧將齊國從幾近亡國的境地拯救過來。

秦昭襄王提出以城換璧，實則心懷不軌。藺相如（藺，粵音論）成功拆穿他的陰謀，幫趙國化解了危機。

1 和氏璧是一塊稀世美玉，原本是楚國的鎮國之寶。後來這塊玉離奇失竊，又輾轉落入趙惠文王手中。

2 秦昭襄王得知此事後，派使者給趙惠文王送去一封信，表示願意用十五座城池來換取和氏璧。

3 趙惠文王左右為難，如答應對方的提議，擔心會上當；如不答應，怕秦國以此為藉口發動戰爭。於是他召來羣臣商議。

4 謀士藺相如說：「我願意出使秦國，若秦國不交出十五座城池，我定會把和氏璧完好地帶回來。」趙惠文王答應了。

5 藺相如帶着和氏璧到秦國，恭敬地把它獻給秦昭襄王。秦昭襄王坐在朝堂上，接過玉璧，看了又看，愛不釋手。

6 藺相如見秦昭襄王只顧着看玉，絕口不提交換城池之事，便明白秦昭襄王是想「空手套美玉」。

7 他急中生智，上前對秦昭襄王說：「大王，這塊玉看起來完美無瑕，其實還是有點小缺陷的。請讓我指給你看。」

8 秦昭襄王沒有防備，將和氏璧遞到藺相如手中。

9 藺相如一拿到和氏璧，便往後退到宮殿的大柱子旁，說：「我看大王是沒有誠意拿出城池來交換和氏璧了。」

10 他舉起和氏璧，又厲聲說道：「現在玉璧在我手中，你要是逼我，我就會把自己的頭顱和玉璧一起撞碎在這柱子上！」

11 秦昭襄王怕他撞壞玉璧，連忙叫人取地圖，指了十五座城池，並說：「你誤會了，這些城池會給貴國來交換玉璧。」

12 藺相如知道秦昭襄王是在騙他，便說要對方齋戒五天，舉行接受玉璧的儀式，才把和氏璧奉上。秦昭襄王只得答應。

13 藺相如一回到客棧，就讓隨從化了裝，帶着和氏璧偷偷繞小路回趙國去了。

14 五天後，接受玉璧儀式如期舉行。藺相如卻說玉璧已送回趙國，如果秦昭襄王有誠意，就把十五座城池割讓給趙國。

15 秦昭襄王氣得吹鬍子瞪眼，但他知道就算殺了藺相如，也得不到和氏璧，還會傷及兩國和氣，只得把他放回趙國。

名將之子趙括自認為通曉兵法，卻在長平之戰中一敗塗地，幾乎葬送了整個趙國。

1 公元前262年，秦昭襄王派兵進攻韓國，佔領了野王城。

2 野王位於韓國的上黨郡與韓國都城之間。野王失陷，上黨便成為孤城。城中首領馮亭將上黨獻給趙國，以求庇護。

3 平陽君趙豹認為，若趙國接收了上黨，會引來秦國的攻伐。但趙孝成王對這座送上門的城池垂涎欲滴，不聽勸諫。

4 果然，秦昭襄王得知上黨歸附趙國後，大為震怒，立即發兵攻打上黨。

5 消息傳來，趙孝成王急忙派遣廉頗去營救上黨。但趙軍才到長平，秦軍就佔領上黨，而且正乘勝追擊向長平殺來。

6 廉頗只好率軍駐守長平，並命令士兵修堡壘，挖戰壕，做好戰鬥準備。

7 見秦軍人多勢眾，廉頗便堅守不出，想等秦軍疲憊之時再出擊。任憑敵軍在城外怎樣辱罵挑釁，廉頗都拒絕出戰。

8 雙方就這樣僵持了四個多月。秦將王齕（粵音：瞎）始終想不出進攻的辦法，只得派人回國向秦昭襄王稟報戰況。

9 秦昭襄王與丞相范雎（粵音：追）商議對策。范雎說：「想攻下長平，就要把廉頗調走。」怎樣才能調走廉頗呢？

10 幾天後，趙國內謠言四起，很多人說廉頗年老怕事，不敢出城迎敵，現在只有趙括可退秦軍，這都是范雎的計謀。

11 趙孝成王聽到人們的議論，動了換將的心思，便召來趙括，詢問他的意見。

12 趙括是趙國名將趙奢之子，自幼熟讀兵書，他對擊退秦軍胸有成竹。趙孝成王很高興，立即派他前去替換廉頗。

13 趙括動身前，趙括的母親曾勸阻趙孝成王，說趙括只會紙上談兵，沒有領兵作戰的本領。趙孝成王卻固執己見。

14 趙括率二十萬軍馬來到長平，與廉頗的軍隊匯合後，趙軍人數達到四十萬。趙括一到任，便下令換掉大批軍官。

15 他改變了廉頗的作戰策略。他對將士說：「秦軍再來挑戰，我們要迎頭痛擊；秦軍戰敗逃跑，我們要乘勝追擊。」

16 秦昭襄王得知反間計成功後，立即調整軍事部署，封英勇善戰的白起為大將軍，讓他前去對付趙括。

17 白起到長平後，假裝戰敗，不斷往後撤退。趙括得意極了，帶兵緊追。就這樣，趙軍一步步鑽進白起布下的埋伏圈。

18 趙軍被秦軍圍困了四十多天，內無糧草，外無援軍。趙括想帶兵突出重圍，最終卻被亂箭射死。

19 四十萬趙軍看到主帥戰死，只得紛紛繳械投降。經此一戰，趙國幾乎所有的兵力都被消滅，再也難與秦國為敵。

毛遂自薦

趙國都城邯鄲告急，平原君的門客毛遂主動請纓，憑藉三寸不爛之舌向趙國求援。

1 公元前257年，即長平之戰三年後，秦國再次出兵，直逼趙國都城邯鄲。趙孝成王急命平原君向楚國求救。

2 原來，秦國曾於公元前278年佔領楚國都城，差點就滅掉楚國。楚頃襄王被迫遷都於陳，從此與秦國結下仇怨。

3 雖然楚國與秦國素有仇怨，但平原君還是擔心楚國不會答應出兵。所以，他想挑選二十名足智多謀的門客一同前往。

4 平原君將他門下的三千多名門客召集起來，從中揀選文武雙全之人。但挑來挑去，最後也只揀出十九人。

5 一位叫毛遂的人主動推薦自己。平原君卻說：「有才之人如裝在布袋的錐子，總會露出他的尖兒，可我沒聽說過你。」

6 毛遂回答：「那是因為你沒把他放入袋中，要不他早露出來了。」聽後，平原君對毛遂刮目相看，答應了他的請求。

7 到了楚國，平原君費盡口舌都未能説服楚考烈王出兵抗秦。平原君的門客們呆呆地站在不遠處，一點辦法也沒有。

8 這時，毛遂手按寶劍，上前對楚考烈王說：「是否同意聯合抗秦，只是一句話的事，怎麼說了老半天都無法決斷？」

9 楚考烈王見他如此放肆，十分不悦，但礙於他拿着寶劍，只得強忍着怒氣問他有何高見。

10 毛遂說：「當初楚國稱霸一時，威風凜凜。豈料秦國崛起，楚國屢戰屢敗，國君被俘，國都被佔。難道你不想報仇？」

11 楚考烈王聽後，心裏像被針刺一樣。當下，他同意與趙聯合抗秦。與平原君歃血（歃，粵音霎）為盟，派遣春申君出戰。

信陵君竊符救趙

為救趙國，魏國公子信陵君不惜以身犯險，偷取魏國兵符，調派軍隊。

1 信陵君是魏安釐王（釐，粵音梨）同父異母弟弟，他的姐姐是趙國平原君之妻。邯鄲被圍困時，魏安釐王派大軍去救援。

2 可是，魏國大將晉鄙才率領軍隊走到半路，就被魏安釐王下令停止前進。晉鄙只好讓軍隊就地駐紮。

3 楚國大將春申君一看形勢不對，也停了下來，將大軍駐紮在武關。

4 到底怎麼回事？原來，魏安釐王被秦昭襄王威脅。秦國使者傳話給他：誰敢救趙國，就是秦國下一個攻打目標。

5 魏安釐王被嚇得不輕，任憑信陵君如何請求他下令進兵，他都不肯答應。

6 信陵君心急如焚，因為他接到姐姐多封的求援信。信中說，援兵遲遲未到，秦國加派人馬，邯鄲淪陷之日近在眼前。

7 信陵君思前想後，終於下定決心，帶領一千多位門客浩浩蕩蕩地出發。他想去邯鄲，盡自己的努力，與秦軍拼命。

8 路過東門時，信陵君遇到他最尊敬的朋友侯生。得知他要去邯鄲，侯生十分冷淡地與他拱手作別。

9 信陵君一邊走，一邊想着侯生對他的態度，越想越傷心。走了幾里地後，他再也忍不住了，又回頭去找侯生。

10 侯生還在門外，信陵君很驚訝。侯生說：「我料公子定會回來，所以在此等候。你這樣和秦軍硬拼，只會白白送命。」

11 聽到侯生這麼說，信陵君忙朝他鞠躬，向他請教解決辦法。侯生建議信陵君找魏安釐王的寵妃如姬偷出兵符。

12 原來信陵君曾有恩於如姬，所以如姬毫不猶豫地答應了信陵君的請求，當晚就將兵符盜了出來。

13 之後，侯生又把好友朱亥（粵音：害）介紹給信陵君。侯生説，要是魏國大將晉鄙不肯交出軍權，就讓朱亥把他殺掉。

14 一切安排妥當，信陵君滿懷信心地出發。見到晉鄙，信陵君拿出兵符，表示要替他掌管兵權。

15 兵符分兩半，國君與主將各持一半。兩個半符相合，主將才服從國君命令調派軍隊。兵符雖沒問題，但晉鄙仍起疑心。

16 晉鄙說：「容我稟報大王後……」話沒說完，信陵君身後的朱亥就揮動起一個大鐵錘朝晉鄙打下去，晉鄙當場斃命。

17 就這樣，信陵君接管了魏國的軍隊。重新整頓人馬後，他親自率領大軍往邯鄲城下的秦軍兵營殺去。

18 得到魏軍的情報後，平原君帶領軍隊從邯鄲城內衝出來。魏軍和趙軍兩下夾攻，把秦軍打得抱頭鼠竄、丟盔棄甲。

19 最後，趙國得救了。但信陵君再也不敢回魏國，他將兵符和軍隊交給魏國的其他將軍帶回去，自己留在趙國。

荊軻（粵音：柯）奉燕國太子丹之命前往秦國刺殺秦王嬴政，此行危險重重，他能否一舉成功呢？

1 戰國末期，秦王嬴政加快吞併六國的步伐，一心想統一天下。為保住自己的國家，燕國太子丹動了刺殺嬴政的念頭。

2 太子丹四處搜羅可為己用的刺客。有人向他推薦名叫荊軻的劍客。荊軻劍術高明，膽識過人，太子丹對他非常滿意。

3 只派一名刺客去，不太保險。太子丹聽說燕國有人叫秦舞陽，很有膽量，便請他來作荊軻的助手。

4 荊軻提議，自己和秦舞陽假扮成燕國使者，獻上燕國管轄之地——督亢的地圖向嬴政求和，然後趁機行刺。

5 太子丹欣然同意。嬴政疑心重，怎能徹底取得他的信任？荊軻沉思良久，想到一個人——樊於期（於，粵音烏）。

6 樊於期曾是秦國大將，因煽動造反，被嬴政滅了全族，他歷盡苦難才逃到燕國。荊軻找到樊於期，問他是否想報仇。

7 樊於期一聽，眼淚都掉下來。荊軻説：「我有復仇辦法，只需向你借樣東西。」説完，他用手指着樊於期的頭顱。

8 樊於期吃了一驚，但他很快明白：他是秦國的通緝犯，荊軻用他的人頭可換來見嬴政的機會。因此他毅然拔劍自殺。

9 荊軻鄭重地埋葬了樊於期的屍身，把他的人頭裝在一個木匣子裏。

10 公元前227年，荊軻和秦舞陽準備出發。太子丹和幾個心腹到易水，在一個僻靜的地方擺上送行酒席。

11 期間，一個叫高漸離的人奏響了筑，荊軻隨拍子唱：「風蕭蕭兮易水寒，壯士一去兮不復返。」眾人聽了都悲戚落淚。

12 一曲唱畢，荊軻仰頭將杯中美酒一飲而盡，然後一躍上馬，頭也不回地與秦舞陽飛奔而去。

13 聽說燕國使者帶着督亢地圖和樊於期的頭顱前來求和，嬴政滿心歡喜，忙讓下人宣使者進宮相見。

14 秦國朝堂威嚴肅穆，秦舞陽一進殿，就害怕得臉色青白，兩手發抖。嬴政見了大喝一聲：「使者為何驚慌？」

15 荊軻連忙笑着說：「他是個山野粗人，沒見識過大王的威嚴，請大王見諒。」

16 嬴政起了疑心，喝令秦舞陽退下，叫荊軻一個人捧着地圖和裝有樊於期頭顱的木匣子走上前來。

17 嬴政先接過木匣子，打開一看，見裏面果然是樊於期的頭顱，十分滿意。

18 接着他讓荊軻展示地圖。荊軻將地圖緩緩展開，一點點指給嬴政看。等地圖展開到盡頭時，內藏的匕首露了出來。

19 嬴政大驚失色，連忙跳了起來。荊軻見狀，一把拉住嬴政的袖子，舉起匕首就向他刺去。嬴政往旁邊一躲，避開了！

20 嬴政使勁掙斷了衣袖。他一邊繞着大殿上的柱子逃跑，一邊想拔出長劍自衛。在手忙腳亂中，長劍怎也拔不出來。

21 這時，有個太醫急中生智，拿起手中藥袋對準荊軻扔了過去。嬴政趁機拔寶劍，砍傷荊軻的一條腿。

22 荊軻倒在地上，舉起匕首扔向嬴政。嬴政一閃，那把匕首打在嬴政身後的柱子上。荊軻見狀，只得仰天苦笑。

23 這時，秦國侍衛紛紛趕來，將荊軻和秦舞陽捉住，一同砍殺。兩位刺客就這樣獻出了生命。

公元前221年，秦始皇統一六國，中國歷史走進秦朝統治的時代。

1 公元前230年至公元前221年，嬴政滅韓、趙、魏、楚、燕、齊六國，建立中國歷史上首個統一多個民族的中央集權國家。

2 嬴政創立「皇帝」稱號，自稱「始皇帝」。他廢除分封制，將全國分為三十六郡，郡下設縣，郡守和縣令都由他任免。

3 為加強對地方的控制，秦始皇下令修建從國都咸陽通往全國各地的道路。

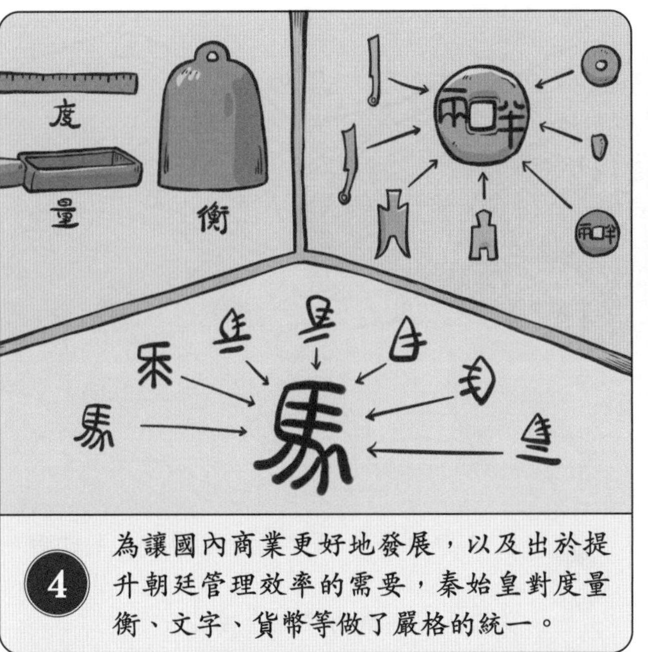

4 為讓國內商業更好地發展，以及出於提升朝廷管理效率的需要，秦始皇對度量衡、文字、貨幣等做了嚴格的統一。

5 改革期間，有人對秦始皇的某些做法提出異議。秦始皇認為書籍會影響他們的思想，便下令燒毀大量秦以前的書籍。

6 私藏書籍或拿古時制度來批評現時制度的人都會依法治罪。當時有幾百名儒生和方士（求神問卜的人）被流放或活埋。

7 正當秦始皇進行各種改革時，北方的匈奴趁機打進來。秦始皇連忙派將軍蒙恬率三十萬軍前去抗敵，最終大獲全勝。

8 雖然匈奴被趕跑，但秦始皇擔心他們還會再度來襲。他決定把原先燕、趙和秦北邊的長城連起來，修成一道屏障。

9 在當時的條件下，完成這樣浩大的工程是相當困難的。秦始皇不僅動用了五十萬士兵，還徵用了數十萬民夫。

10 民夫在險峻的山嶺間夜以繼日地鑿石挖土、肩挑手扛，死傷不計其數。可以說，長城是用他們的血肉之軀築成的。

11 被強徵去修長城是百姓的噩夢。傳說，在湖北房縣的大山裏曾住着「毛人」，他們的祖先為避築長城而躲到此處。

12 自從躲進深山老林，毛人的祖先都全身長出長毛。每當遇到從外面來的人，毛人會問對方：「長城修築好了嗎？」

13 若回答是「長城還沒有修築完」，毛人就會嚇得躲起來。雖然這只是傳說，但也反映出修長城給百姓帶來的苦難。

14 歷經十餘年，一道西起臨洮（粵音：圖），東至遼東的萬里長城終於築成。它有着顯著的軍事防禦作用，匈奴此後多年不敢南下侵擾中原。後來，經過歷代的不斷增補修築，長城長度達十萬餘里，它被譽為「世界七大奇跡」之一，成為人類文明史上的一座不朽的傑作。

秦始皇統一六國後，經常到各地視察，但這次發生了他意想不到的事情。

1 扶蘇是秦始皇的長子，他為人剛毅勇武，寬厚仁愛。因反對焚書坑儒，被派到北方邊疆，監督蒙恬的三十萬軍。

2 胡亥是秦始皇最小的兒子，很受父親寵愛。公元前210年，秦始皇帶着胡亥、丞相李斯、宦官趙高一起到東南視察。

3 秦始皇在視察途中感覺身體不適，到平原津的時候，他終於病倒。隨行的太醫為他診脈進藥，但他的病沒有好轉。

4 等他們到沙丘，秦始皇的病更嚴重。他知道自己時日無多，趕緊吩咐李斯和趙高寫信催扶蘇回來，為自己辦後事。

5 李斯和趙高擬好了信函，拿給秦始皇看，秦始皇迷迷糊糊地就蓋了印。他們還在商量派誰去送信，秦始皇就死了。

6 李斯與趙高商量：「這裏距國都咸陽近兩千里，如果陛下逝世的消息傳出去，定會引起動亂，不如暫時保守秘密。」

7 此話正中趙高下懷，因為他心裏正在醞釀一個陰險的計劃。李斯讓他趕緊送出那封給扶蘇的信，他卻將信扣下。

8 趙高與扶蘇有過節，要是扶蘇登上了皇位，對他就會很不利。所以他偷偷與胡亥商量，說要幫他篡奪皇位。

9 胡亥當然求之不得。為了實現這一計劃，他們還威逼李斯加入。李斯為了保住自己的丞相之位，最終也同意了。

10 三人一同造了假遺囑，立胡亥為太子，又以秦始皇的名義寫信給扶蘇，說他在外怨恨父皇，與蒙恬勾結，應當自殺。

11 扶蘇收到信後，竟不懷疑，他痛哭一場後就自殺了。

12 為不讓事情生變，趙高一行人馬不停蹄趕往咸陽。可是路程遙遠，天氣炎熱，秦始皇的屍體很快就發出陣陣惡臭。

13 為掩蓋臭味，趙高派人買了許多鹹魚，讓車隊的每一輛車都載上一筐，這樣即使氣味再難聞，別人也不會懷疑。

14 到了咸陽，他們確定扶蘇已死，才公布秦始皇的死訊，立胡亥為二世皇帝。

15 得到重用的趙高暗中陷害朝中反對他的大臣，李斯也被他害死。最終趙高取代李斯成為丞相，從此獨攬朝政。

秦二世殘暴不仁，百姓苦不堪言，一場起義即將爆發……

1 秦二世即位後，不但徵調了幾十萬人修建秦始皇陵和阿房宮，還派出大批貧苦農民修長城、守邊疆。

2 公元前209年，陽城的地方官派遣兩名軍官押着九百多名強徵而來的民夫，前去漁陽戍守邊關。

3 為了便於管理，軍官從這羣人中選出兩個強壯能幹的人當屯長（領隊），這兩個人一個叫陳勝，一個叫吳廣。

4 一行人來到大澤鄉時，正趕上連日暴雨，道路泥濘不堪，無法通行。於是，他們只好停止趕路，原地紮營。

5 秦朝的律令嚴苛，若無法如期趕至漁陽，這幫民夫統統得掉腦袋。眼看期限將近，大家都急得像熱鍋上的螞蟻。

6 陳勝偷偷對吳廣說：「現在逃也是死，不逃也是死。這兒是楚國的地界，不如我們打楚將項燕的名號起來造反吧！」

7 吳廣早有此意。兩人一拍即合，很快就策劃好起義大計，並馬上分頭行動。

8 第二天，陳勝熱情地攬下採買食材的工作，為伙夫買來一簍又新鮮又肥美的魚兒。

9 當伙夫剖開其中一條魚的肚子時，從裏面掏出了一塊白色的綢布，上面竟然寫着「陳勝王」三個字。

10 伙夫很驚訝，嚷着叫大家來看。眾人見了，無不稱奇。只有陳勝在一旁滿不在乎地説：「這是巧合，不必放在心上。」

11 晚上，大家還低聲討論這件怪事。忽然，從外面傳來一陣奇怪的聲音：「大楚興，陳勝王！大楚興，陳勝王！」

12 有幾個大膽的壯丁顧不上天黑路滑，立即跑到外面看。遠遠地，他們看見樹林裏閃過一道身影，原來是一隻「狐狸」。

13 第二天，大家聚在一起交頭接耳討論昨天發生的兩件怪事，看陳勝的眼神也多了些敬意。陳勝、吳廣心裏暗暗高興。

14 這時兩名軍官喝得醉醺醺地走來。吳廣上前高聲喊：「長官，還去不去漁陽？不去就放我們回去吧。」

15 兩名軍官勃然大怒，舉起木棍就打吳廣。吳廣見狀，立即抽出長劍殺死其中一個軍官。陳勝衝上去，殺另一個軍官。

陳勝轉身向眾人高聲號召：「誤了戍邊期限，誰都活不了。與其窩囊地死去，倒不如轟轟烈烈地鬧一場，這樣才不枉來世上一趟。誰説只有那些人可以當王侯將相，我們也有資格坐上他們的位置！」眾人聽了，都握着拳頭道：「對，我們得造反！」

一支起義軍很快組織起來。他們舉着一面「楚」字大旗從大澤鄉出發，浩浩蕩蕩殺向縣城。沒多久，就攻佔了陳縣。

起義軍進入陳縣後，秋毫不犯，贏得民心。大家紛紛帶着糧食、趕着車馬前來投奔他們。陳勝也被擁立為王。

19 六國遺留下來的舊貴族也紛紛起來響應義軍。但當陳勝的手下周文攻打秦國都城咸陽時，卻沒等來舊貴族的支援。

20 原來，他們都忙着互相爭奪地盤。周文孤立無援，一連慘敗，最終只得在絕望中自殺。

21 而吳廣在攻打滎陽（滎，粵音形）時，因為與部下不合，遭到殺害。就這樣，陳勝的這兩支主力軍都全軍覆滅。

22 公元前209年，陳勝被叛變的車夫殺害。陳勝、吳廣起義就此拉下帷幕，但他們點燃的起義烈火，很快便使秦朝滅亡。

孩子愛讀的漫畫中國歷史

中華五千年故事①

上古、夏商周、春秋戰國、秦

作　　者：幼獅文化
繪　　圖：磁力波卡通、魔法獅工作室
責任編輯：王一帆、嚴瓊音
美術設計：郭中文
出　　版：園丁文化
香港英皇道 499 號北角工業大廈 18 樓
電話：(852) 2138 7998
傳真：(852) 2597 4003
電郵：info@dreamupbooks.com.hk
發　　行：香港聯合書刊物流有限公司
香港荃灣德士古道 220-248 號荃灣工業中心 16 樓
電話：(852) 2150 2100
傳真：(852) 2407 3062
電郵：info@suplogistics.com.hk
印　　刷：中華商務彩色印刷有限公司
香港新界大埔汀麗路 36 號
版　　次：二〇二四年一月初版

ISBN: 978-988-76896-6-9

18/F, North Point Industrial Building, 499 King’s Road, Hong Kong
Published in Hong Kong SAR, China
Printed in China